KB266845

화기애애, 아이들과 꽃피는 날들

화기애애, 아이들과 꽃피는 날들

화기애애, 아이들과 꽃피는 날들

24년 차 교사가 써 내려간 따스한 교실 이야기

초 판 1쇄 2026년 04월 20일

지은이 정현진
펴낸이 류종렬

펴낸곳 미다스북스
본부장 임종익
홍보국 김가영
편집장 안채원, 이예나, 김은진
디자인 윤영빈, 윤가희, 임인영
책임진행 국소리, 송가희

등록 2001년 3월 21일 제2001-000040호
주소 서울시 마포구 양화로 133 서교타워 711호, 808호
전화 02) 322-7802~3
팩스 02) 6007-1845
블로그 http://blog.naver.com/midasbooks
전자주소 midasbooks@hanmail.net
페이스북 https://www.facebook.com/midasbooks425
인스타그램 https://www.instagram.com/midasbooks

ISBN 979-11-7355-877-1 03810

값 19,500원

미다스북스는 다음세대에게 필요한 지혜와 교양을 생각합니다.

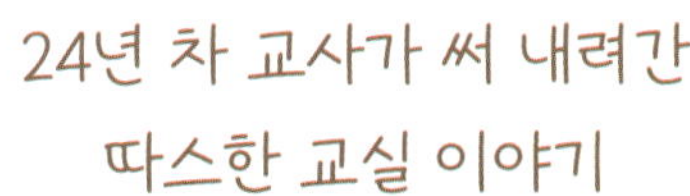

화기애애,
아이들과 꽃피는 날들

정현진 지음

미다스북스

목차

1장 화和
아이들과 함께 피어난 꽃자리

2장 기氣
흔들리며 자라난 성장의 시간

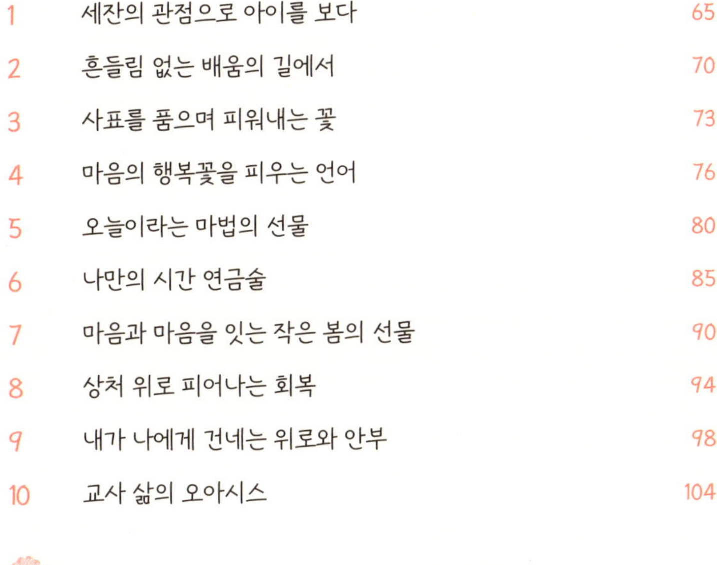

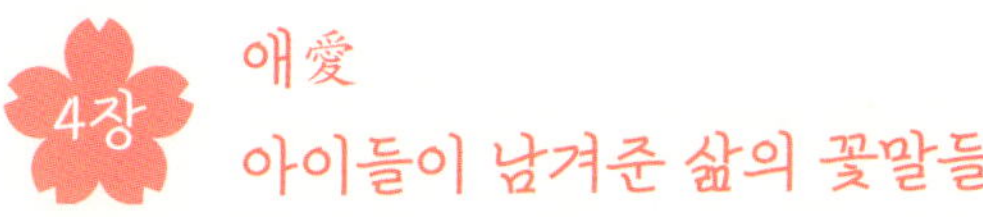

꽃샘추위 속에서 시작된
봄을 기억하다

꽃길을 걷는 것도 좋지만 흙길을 걷는 것도 괜찮아.

나는 작은 씨앗을 뿌리며 천천히 걸어갈 거니까.

씨앗들이 어느새 새로운 꽃길을 만들도록.

누군가 이 길을 지날 때 말하겠지.

"이 아름다운 꽃길은 누가 만들었을까?"

야외 활동을 가면, 줄지어 가는 아이들과 선생님의 모습을 바라보는
주변 사람들은 흐뭇한 미소를 짓곤 합니다. 특히 어르신들은 더욱 사랑
스러운 눈빛으로 바라보며 말씀하십니다.

"아이고, 세상에! 꽃이 따로 없네. 어쩜 저렇게 예쁠까?"

화기애애, 아이들과 꽃피는 날들

아이들은 그저 바라보는 것만으로도 참 사랑스럽습니다. 누구나 '어린이'였지만, 어른이 되고 나면 그 시절을 그리워합니다. 더욱 깊이 바라보게 되는 것 같습니다.

"참 좋겠다. 나도 어린 시절로 돌아가고 싶다."

어른들이 내뱉는 이 말 속에는 아쉬움 가득합니다. 빨리 어른이 되고 싶었지만, 막상 어른이 되고 나니, 책임과 의무로 인해 삶이 힘겹게 느껴질 때가 많습니다. 조금 더 가벼워지고 싶은 마음이겠지요. 한 번뿐인 삶이라는 여정에 대한 아쉬움이 깃들어 있을 수도 있습니다.

저의 영유아 교사 24년의 시간 속에는, 영원히 나이 들지 않는 직장 동료, '아이들'이 있습니다. 첫해에 만난 아이는 이미 어른이 되어, 어디선가 저처럼 선생님의 모습으로 살아가고 있을 수도 있겠지요. 아이들과의 시간은 너무도 빨리 흘렀고, 저 역시 중년이 되었습니다.

그렇게 저는 어른이었다가, 아이들과 함께하면 '어린이'로 변해버립니다. 어른과 어린이가 섞여버린 '어른이'로 자라고 있는 셈입니다. 아이들과 함께 성장한 제 안의 어른도 있지만, 제 속에는 그때 그 모습 그대로의 '아이들'이 여전히 존재합니다. 아이들은 자랐어도, 제 안 아이들의 기억은 여전히 반짝이며 빛나고 있습니다.

　아이들과 함께한 모든 시간이 꽃길은 아니었습니다. 수많은 능선을 오르면서 주저앉았다가 다시 걸었습니다. 울다가 웃고, 희망하다 좌절하기를 수없이 반복하였습니다. 어느덧 마음과 몸의 굳은살이 새겨져 조금은 웃어넘길 수 있는 연륜의 어른이 되었다가도, 다시 주저앉아 우는 어린아이가 되기도 합니다. 그렇게 저는 여전히 꽃길이 아닌 흙길을 걷고 있습니다.

　사뿐히 누가 뿌려놓은 꽃길을 밟으며 교사 생활을 했다면 어땠을까 생각해 보았습니다. 예쁜 꽃잎을 사뿐히 즈려밟고 간 길에는 무엇이 남았을까요? 밟힌 꽃잎들의 속상함, 바람이 불어 쉽게 흩날려 아쉬운 마음이 더하지 않았을까요?

　가만히 생각해 보니, 흙길을 걷길 잘했습니다. 흙길을 걸으며 하루, 한 달, 1년, 10년, 20년 동안 뿌려온 아이들이라는 희망의 씨앗이 함께 채워졌습니다. 보이지 않지만, 얼마나 많은 아이들이 저를 거쳐 어디선가 아름다운 꽃을 피우고 있을까 생각하면 가슴이 벅차오릅니다. 흙길을 걸으며 씨앗을 뿌리고, 비와 바람을 맞으며 수많은 계절을 지나왔습니다. '아이들'이라는 꽃이 피듯, 제 안에도 수많은 꽃이 피고 지고 있었습니다. 아이들이 있었기에 그 모든 시간이 제 삶에 아름답게 새겨졌습니다.

화기애애, 아이들과 꽃피는 날들

이 책은 꽃길을 생각하며 희망을 품고 걸어갈 예비 선생님, 교육 현장의 흙길에서 지쳐 잠시 아이들을 떠난 선생님, 그러함에도 불구하고 저처럼 현장에서 묵묵히 오랜 기간 흙길을 걷고 있는 선생님, 아이들의 순수한 마음을 닮아 세상을 살아가고 싶은 모든 이를 위한 이야기입니다.

1장은 영유아 교육 현장에서 고공 분투하며 살아온 시간 속 '영유아 교육의 진정한 의미'에 대한 사유를 담았습니다. 2장은 그러함에도 흙길을 걷는 교사에게 필요한 삶의 에너지를 이야기합니다. 3장은 교사라는 이름으로 피워낸 사랑의 이야기를, 4장은 아이들이 가르쳐 준 삶의 감동적인 순간을 담았습니다.

이야기 속에는 교사로서 저의 수많은 삶이 함께 녹아있습니다. 교사, 어린이, 학부모, 관리자, 조금 더 세상을 살아온 중년의 관점으로 바라보았습니다. 일상의 의미를 찾고 의미를 더해보려 했습니다. 내가 의미를 담은 것만이 삶에 의미 있게 남는다는 것을 깨달았기 때문입니다.

화(和) 기(氣) 애(愛) 애(愛)

아름답게 피어나는 꽃과 같은 아이들과 서로 좋은 기운을 받으며 사랑하고 사랑했던 시간. 화기애애하게 지켜온 그 모든 일상이, 결국 삶에서 가장 아름다운 꽃이 되는 화양연화의 시간이었음을 의미 있게 남기고 싶었습니다. 아이들과 함께 꽃피워 온 삶의 이야기가 누군가의 마음에 작은 희망의 씨앗이 되고, 힘이 되는 책이 되기를 바랍니다. 설레는 이에게 모든 날이 봄처럼 다가오듯 자신만의 때에 자신만의 힘으로 꽃을 피우는 일상이길 소망합니다. 지나온 길에 피어난 이름 모를 꽃들의 소중함을 발견하는 당신만의 봄을 맞이하시길.

2026년 꽃 피는 봄, 정현진

화 和
아이들과 함께 피어난 꽃자리

아이들과 만나는 순간,
나의 삶도 조용히 피어나기 시작했다.

삶의 꽃샘추위에서 만난 아이들

"네가 생각하기에 나의 단점이 뭐야?"
"음… 너는 다 좋은데…. 너무 온실 속의 화초 같아."

청춘을 만끽하는 대학교 1학년. 느닷없는 질문에 가장 친한 초등학교 친구가 나에게 해준 말이다.

'내가 온실 속의 화초라고? 나는 그렇게 부잣집도 아닌데 무슨 온실 속의 화초야?'

하지만 1년 뒤, 그 화초는 예상하지 못한 아버지의 사업 실패로 덩그러니 세상 밖으로 나올 수밖에 없었다. 그때야 알았다. 화기애애 단란했던 우리 가족의 시간 자체가 가장 행복한 온실이었고, 따뜻한 봄이었음을.

　매서운 삶의 꽃샘추위는 나를 송두리째 흔들어 놓으며 가야 할 방향마저 잃게 했다. 이모 집으로 가서 잠시 머물게 된 우리 가족은 모든 일상을 그리워하게 되었다. 안락한 우리 집과 함께 여행하던 차, 매일 밤 별이 빛나는 밤에 라디오 소리가 흘러나오던 나의 방이 그리웠다. 얇은 옷을 입고 나와 꽃샘추위를 견디는 방법은 옷깃을 더 여미는 것이 아니었다. 맞서 추위를 견디는 방법뿐이었다. 사장님이었던 아빠가 대리운전 조끼를 입고 문을 열고 오시던 그날, 나는 마음속으로 모든 눈물을 쏟아낸 뒤 다시는 울지 않기로 결심했다. 그리고 주저 없이 휴학하고, 세상 밖으로 힘차게 걸어 나갔다.

　"음⋯. 눈빛이 살아있네."

　첫 면접을 본 미술 학원의 원장 선생님께서 말씀하셨다. 어린이집과 유치원만큼 대형 미술 학원에 유치부가 많았던 그 시절. 나는 그렇게 '분홍반 선생님'이 되었다.

　새 학기 첫날. 이제 막 사회 초년생이 된 내가 마주한 열 명의 4세 아이들. 아이들 모두가 엄마와 떨어져서 울고 있었고, 달래던 나도 울었다. 아동학을 공부하며 배운 이론은 현실에 적용하는 것은 불가능한가? 정답이 없는 현실 속에서 내가 의지할 수 있는 유일한 무기는 기술이 아닌 진심 어린 마음뿐이었다. 아이들을 달래며 어떻게 해야 할지 모를

때, 부모님께서 나에게 한 모든 순간이 떠올랐다. 나는 그대로 아이들을
대했다.

아이들을 돌보며 부모님의 모든 마음이 떠올랐고, 먹먹해지는 순간마
다 아이들을 더 꼭 껴안았다. 매일 아이들을 챙기느라 애쓴 시간은 삶의
꽃샘추위를 잊을 만큼 고단함을 선물했고, 어느덧 또다시 봄이 찾아오
기 시작했다.

어쩌면 아이들은 부모님께서 삶으로 가르쳐 준 '돌봄'의 의미를 마음
으로 실천하라고 보내준 천사가 아닐까? 그리고 이제는 안다. '애쓴다.'
의미는 내 삶의 애(愛)가 담긴 시간이었음을.

뒤돌아보니 나의 모든 계절은 나의 부모님으로 인해 가장 따뜻했다.

1장 아이들과 함께 피어난 꽃자리

그리고 꽃샘추위 속에서 만난 아이들 덕분에, 매일 다시 봄을 꿈꾸며 살

아갈 수 있었다. 수많은 날이 모여 결국 봄이었다.

화기애애, 아이들과 꽃피는 날들

별이 된 아이, 내게 남긴 첫사랑

교사 생활 24년. 세월이 흘러도, 생각만 하면 여전히 가슴 저미는 아이가 있다. 교사 2년 차에 만난 서른 명의 7세 반 아이들. 나는 모든 것이 서툴렀던 초보 교사였다. 원 생활에 익숙한 7세 아이들은 경력으로만 따지면 나보다 연차가 높은 '어린 선배'와 다름없었다. 초임의 티를 내고 싶지 않아, 더욱 모든 일에 열심히 임했고, 아이들에게도 온 마음을 열어 다가갔다. 내가 준비한 것보다 더 많은 것을 깨우치며 성장하는 아이들을 보며 감사함이 들었다. 어쩌면 서툴러도 최선을 다하는 아이가 대견한 것처럼, 아이들 역시 '초임 교사의 애씀'을 대견하게 보아주었을지도 모른다, 교사로서 가르침보다 배움이 더 많은 해였다.

서른 명의 아이들이 모두 소중한 기억으로 남아있지만, 유독 아직 지울 수 없는 아픈 이름이 하나 있다. 생일이 느리고, 몸집도 작은 아이. 또래보다 모든 것은 서툴렀지만, 무엇보다도 귀여운 미소를 가진 아이였다.

곱슬곱슬한 잔머리에 작은 입꼬리는 항상 웃음을 머금고 있었다. 선생님의 일거수일투족을 감시하던 사랑스러운 강아지 같은 아이였다. 장사로 바쁘셨던 부모님은 아이에게 누구보다 다정하고 사랑이 많은 분이셨다.

나의 첫 7세 아이들에 대한 아쉬움과 고마움을 품고, 내 인생 첫 졸업생들을 더 넓은 세상으로 떠나보냈다. 첫 제자였던 아이 중에는 전화를 걸거나 찾아오는 친구들이 많았다. 3월, 낯선 학교생활 속에서 1년을 함께한 시간이 쉽게 잊히지 않았겠지. 그중 유달리 자주 전화하는 아이는 바로 그 아이였다.

"선생님 뭐해요? 밥 먹었어요?"
"선생님 보고 싶어요."

같은 일상의 안부 전화가 반복되었다. 나를 잊지 않고 찾아주는 아이가 고마웠다. 하지만 나는 틈 없이 바쁜 5세 반 신학기 학급 운영에 적응하느라 몸이 힘들었다. 주말이면 침대와 한 몸이 되곤 했다.

그날의 주말도 어김없이 전화가 걸려 왔다. 매주 전화를 하던 아이였기에 '오늘은 너무 피곤하니 다음에 또 받으면 되지.' 하는 마음으로, 처음으로 전화를 받지 않았다. 그리고 새로운 한 주가 되어 출근한 어느

흐린 날이었다. 낮잠을 자는 다섯 살 아이들을 돌보며, 나 또한 잠시 숨을 고르고 있었다. 그날따라 이상하게 마음이 좋지 않았다. 무언가 설명할 수 없는 이상한 기분, 마치 눈물이 쏟아질 것만 같은 그런 날이었다. 오후 차량 운행을 마치고 돌아온 부담임 선생님이 알 수 없는 표정으로 다가와서 말했다. 뭔가 불길한 예감에 다급하게 물었다.

“선생님 무슨 일 있어요?”
“선생님 ○○이가.”
“○○이가 왜요? 빨리 말해줘요.”
“차량 마치고 돌아오는 길에 봤는데 사고가 난 것 같아요. 차 뒤에….”

머리끝에서 발끝까지 온몸에 소름이 돋아 아무 말도 할 수가 없었다. 떨리는 손으로 아이의 어머니께 전화했다.

“어머니…. 우리 ○○이 괜찮죠? 네?”
“선생님. 선생님 우리 ○○이가 하늘나라로 갔어요.”

목이 메어 아무 소리도 내지 못했다. 나는 그대로 교실에 엎드린 채 몇 시간을 온 기운이 다 빠지도록 울고 또 울었다. 주말에 받지 못한 그 전화가 마지막이 될 줄은 꿈에도 몰랐다. 죄책감은 나를 덮쳤다. 아이가 내게 마지막 남기려던 말은 무엇이었을까? 언제든 똑같은 일상의 이야기였겠지.

"선생님 밥 먹었어요? 선생님 뭐해요?"

너무나도 아무것도 아닌 평범한 일상 속 안부. 그 작은 안부가 마지막이 될 줄 몰랐다. 나 자신이 미웠고, 아이에게 미안했고, 가슴이 아팠다. 그렇게 내 첫 졸업생 제자였던 아이는 유치원 졸업 가운을 입은 채, 영정 사진 속에서 나를 보고 웃고 있었다. 그리고 난 그 아이의 웃는 모습을 보며 하염없이 울고 또 울었다.

아마 그때부터였으리라. 내 교사 생활의 모든 아이가 '첫사랑'이 된 것이. 한 해가 지나면 또다시는 내 품에서, 내 교실에서 만날 수 없는 아이들. 그러니 처음이자 마지막인 것처럼 온 마음을 다해 사랑하리라고 다짐했다.

내 첫사랑 아이는 그렇게 내 가슴에 별이 되어 살아 숨 쉬고 있다. 일곱 살 그때 그 모습 그대로 환한 미소를 지으며 나를 바라보며 반짝이고 있다.

"선생님 잘 지내죠?"
"선생님 보고 싶어요."

　아이들과 함께하는 이 평범한 일상이, 어쩌면 다시 돌아오지 않을 소중한 순간이라고 생각한다면, 단 한 순간도 소홀히 흘려보낼 수 없다. 사랑한 기억은 가슴에 더 오래 남는 법이다. 이 순간을 놓치지 말라고 작은 별이 내게 말해준다.

　'잘 지내고 있지? 선생님 마음속에 너는 여전히 일곱 살, 예쁜 미소를 가진 아이로 빛나고 있단다.'

　아이의 안부를 떠올릴 때마다 여전히 눈물이 난다. 처음이자 마지막인 것처럼 사랑하라. 사랑에 후회가 없도록.

1장　아이들과 함께 피어난 꽃자리

유아 교육, 마음으로 빚는 예술

교사 4년 차, 현장의 거친 파도에 지쳐, 학문이라는 닻으로 붙잡고 싶어 대학원에 진학했다. 사실 영유아 교육 현장은 이론만으로 설명할 수 없는 현실적인 괴리감이 가득하다. 각양각색 아이들의 특별함, 학부모님과의 관계, 원에서 부딪히는 다양한 문제들은 '내가 교육하는 사람일까?' 하는 의문을 낳게 하였다. 그 자존감을 회복하기 위해 다시 공부를 병행하게 된 것이다. 4년간의 현장 경험 후 다시 공부한 '발달심리학'은 이론과 접목되어 그제야 더 깊이 이해할 수 있게 되었다. 그리고 유아 교육 현장을 새롭게 바라보게 된 '결정적인 계기'가 있었다. 도서관에서 만난 한 권의 책을 통해 만난 다음의 구절이었다.

교사는 학생을 가르치기만 하는 기계가 아니다.
교사는 조각과 같은 예술가여야 한다.
진정한 조각가는 돌부터 탓하지 않는다.

-『피그말리온 인 더 클래스룸』, 로버트 로젠탈, 레노어 제이콥슨 -

책을 읽는 순간, 내가 던진 질문에 대한 해답을 찾은 듯했다. 막돌이든, 대리석이든 속성에 맞는 작품을 만들어 낼 수 있는 예술가가 진정한 의미의 훌륭한 조각가라니!

'아, 나는 교육자가 아닌 예술가였구나!'

왁자지껄 생동감 넘치는 영유아 교육 현장은 그야말로 예술이다. 좋은 말일 수도 있고, 반어법이 될 수도 있다. 한 공간에서 각자의 방식으로 놀이하는 아이들, 마치 세상을 처음 만난 용감한 탐험가이자 때로는 예측 불가능한 무법자 같다. 갈등과 화해, 눈물과 기쁨, 시끄러움과 조용함, 무질서함이 공존한다. 교사의 눈과 손, 발이 두 개인 것이 아쉬울 지경이다. 이것은 불가능한 일상을 살아가는 것이자, 또 다른 가능성을 만들어 내기도 한다.

　그 불확실 속에서 만난 교육에 대한 의문이 예술이라는 용어로 변환되면서 교육과 아이들을 바라보는 나의 관점도 바뀌게 되었다. 그때부터였다. 나는 교육자가 아닌, 온전히 '예술가'로서의 역할을 인식하게 됐다. 그 어떤 아이도 예술가인 교사와 만나는 순간 교사의 심미적 안목과 정성스러운 손길로 변하리라는 것을 믿는 것. 위대한 아이들이 삶의 작품으로 변모하는 그 모습을 상상하는 사람이 바로 교육이 무엇인지 아는 교육 예술가이다.

　예술가는 캔버스를 믿는다. 그리고 캔버스 안의 그림을 상상한다. 나를 힘들게 하는 아이들, 다양한 관점을 가진 부모님의 민원을 대처하는 방식은 나만의 그림을 구성하는 방식과도 같았다. 피그말리온 효과처럼 내가 믿는 대로 바뀐다는 원리는 아이들에게도 그대로 통했다. 유난히 말을 듣지 않는 아이는 사랑이 필요한 아이이다. 그러니 꾸준히 자신이 사랑받는 존재라는 것을 인식할 수 있도록 할 수 있는 역할을 준다. '따뜻함의 처방'으로 결국 변하는 것은 아이들이었다. 특수교사가 없던 열악한 현장에서도 특별한 아이가 내게 왔을 때도, 나의 몫으로 겸허하게 받아들였다. 부족함은 인정하고 함께 채우려고 노력했다. 그 아이를 특별한 아이로 교실의 한 캔버스에 함께 그려왔다. 교육자를 넘어선 예술가의 관점으로 이해하고 소통하면서 나는 가장 인기 있는 교사가 되었다. 그리고 매년 공통으로 나에게 건네진 메시지가 있었다.

"선생님을 만나서 정말 다행이에요. 선생님은 선생님이 천직인 것 같아요."

아이들이나 학부모님께 가르치려는 교육의 시선으로 다가가는 순간, 보이지 않는 단단한 경계의 막이 형성된다. 그리고 그 벽을 허무는 것은 참 어렵다. 그렇기에 모든 출발점은 관계여야 한다. 사람의 마음을 성장시키는 일인 만큼, 사람과 사람 사이의 따뜻한 온기로 다가가야 한다. 그리스 신화의 피그말리온이 너무나 사랑한 여성상에 아프로디테가 생명을 불어넣어 인간을 만들었듯, 교육의 현장도 마찬가지이다. 나에게 사랑이 있다면 그 단단함 속에서도 생명을 불어넣을 수 있을 것이라 믿었다.

이처럼 영유아 교육 현장에는 각자의 빛깔을 가진 꼬마 예술가들이 숨 쉬고 있다. 어른의 눈으로 볼 수 없는, 세상을 다르게 보는 특별한 안목. 세상 모든 것을 늘 새로움으로 재구성하는 경이로운 생동감. 작은 것도 소홀히 하지 않고 가치를 재발견하는 섬세한 관찰력. 이 모든 것을 가진 반짝이는 눈망울의 아이들. 수많은 아이를 만났지만, 단 한 명도 같은 아이가 없었다. 매일, 매년, 수많은 계절 속에서도 단 한 순간도 같은 일상은 없었다.

왁자지껄 생동감 넘치는 영유아 교실의 현장과 마주하는 것은 마치 새로운 그림을 그리는 캔버스 앞에 선 느낌이다. 예술은 하루아침에 이루어지지 않는다. 때로는 무엇을 그려야 할지 빈 캔버스를 보며 막막할 때도 있다. 온 에너지가 소진되어 붓을 들 힘이 없을 때도 있다. 창조와 결핍과 눈물과 회한이 깊은 예술 작품을 만들 듯이 그런 시간도 이제는 받아들인다.

'오랫동안 꿈을 그리는 사람은 그 꿈을 닮아간다.'

앙드레 지드의 명언을 새겨본다. 교사라는 직업은 누군가의 꿈을 꾸게 하고, 꿈을 이룰 수 있도록 하는 것이다. 그리고 나의 꿈도 함께 키워 나가는 것이기도 하다. 내 삶의 캔버스에 주인이 되어 어떤 그림을 그릴까 여전히 고뇌 중이다. 하지만 확신한다. 내 삶의 마지막 페이지를 덮는 날, 나는 자신 있게 말할 수 있다. '내 삶은 예술이었다.'라고. 때로는 예측 불가능한 혼돈 속에서 '예술'의 이름으로 펼쳐지는 이 모든 순간이, 결국 아이들에게는 빛나는 성장의 무대가 되고, 나에게는 깊은 깨달음과 영원한 환희를 선사하리라는 것을 믿는다. 왁자지껄 생동감 넘치는 영유아 교육 현장은 나에게 오늘도 가장 아름답고 위대한 예술을 빚어내는 삶의 아틀리에이다.

내가 지켜야 할 마음의 자리

　나의 영유아 교사로서의 삶은 '엄마가 되기 전'과 '엄마가 되고 난 후'로 나누어진다. 아이들에 대한 '열정'은 결혼을 하고도 계속되었다. 임신 38주가 될 때까지 무거운 몸으로 아이들과 함께하였다. 힘은 들었지만 '책임감'으로 해야만 하는 일이라고 생각했다. 출산 후에도 친정엄마께 아이를 맡기고 빨리 복귀하는 것이 당연하다고 생각하였다. 엄마 역할이 처음인 나는 그렇게 무겁지만, 당연한 책임감을 안고 엄마가 되었다.

　'선생님'이라는 직업을 가지고 있었지만, 출산하고 나니 작고 작은 아기를 어떻게 키워야 할지 아무것도 몰랐다. 가르침이 아닌 '실전이 된 육아'. 교육과 양육 차이를 뼈저리게 깨닫는 나날이었다. 원에서는 전화가 왔다.

　"선생님 언제 출근할 거예요? 선생님의 공백이 커요. 빨리 와요."

그렇게 애타는 마음으로 조금씩 시간이 흘러갔다. 결국 나는 출산 후 6주 만에 아기를 친정엄마께 맡기고 무거운 발걸음으로 출근했다.

"엄마 다녀올게요."

6주 만의 출근길. 친정엄마가 너무도 작은 나의 아기를 안고 있는 모습에 왈칵 눈물이 났다. 하지만 아무렇지 않은 듯 웃으며 인사를 하고 돌아서는 순간, 흐르는 눈물을 멈출 수 없었다.

'이것이 바로 아이를 두고 가는 엄마의 마음이구나.'

그렇게 출산 후 출·퇴근하는 무거운 발걸음과 함께 수많은 '물음표'가 내 머리 위로 그려졌다.

'나는 무엇을 위해 일하는 것일까?'
'내 아이를 잘 보지 못하고, 남의 아이를 보는 것이 무슨 소용이 있는가?'
'이것이 진짜 맞는 것일까?'

수많은 질문에 대한 답은 아기에 대한 미안함과 그리움, 그리고 눈물뿐이었다. 그렇게 그날도 아기와 헤어져 먹먹한 마음으로 발걸음을 옮

겼다. 같은 질문을 반복하는 내게 갑자기 무언가 떠올랐다.

'그래, 내가 이렇게까지 이 일을 하는 이유가 있을 거야. 내 아이를 돌보지 못하면서도 해야 하는 중요한 이유는 무엇일까?'

또다시 스스로에게 물었고, 그리고 스스로 답을 얻게 되었다.

'내 아이 하나만을 키우기에는 나의 그릇이 너무 크구나. 이 큰 품이 아까워 하늘이 중요한 소명을 주시는 것이구나. 이제는 교사의 마음을 넘어 엄마의 마음으로 더 깊이, 세상의 더 많은 아이를 품으라는 의미이구나.'

그날부터 우리 반 아이들 속에 또 다른 장면들이 보였다. 아기가 태어나는 순간, 그 옆에 있는 수많은 가족, 아이를 키우며 애쓴 많은 사람들의 축복과 눈물이 보였다. 보이지 않는 그 시간을 거친 소중한 누군가의 가족인 아이들.

'그래! 소중한 아이를 큰 그릇을 가진 선생님이 잘 키우라고, 아이들이라는 보물이 나에게 온 것이구나.'

아이의 모습에서 가족, 시간, 엄마의 마음이 보였다. 아이 존재 자체의 소중함에 더욱 큰 의미를 부여하게 되었다. 그리고 그때부터 새로운 믿음이 생겼다.

내가 지키는 것은 아이가 속한 가족 전체를 지키는 일이다. 부모님이 직접 볼 수 없는 수많은 순간을 내가 대신 지키고 있는 것이다. 나의 모든 일에 깊은 의미를 부여하고, 그 마음을 믿기 시작했다. 그리고 생각했다.

내 아이의 첫 옹알이도, 첫걸음마도, 수많은 첫 순간을 함께할 수 없었지만, 나는 너무 중요한 일을 하는 사람이다. 이 시간을 보내고 더 크고 단단해진 엄마의 모습을 아이에게 선물하리라. 아이의 첫 순간과 바꾼 시간을 절대 후회하지 않도록 보내리라. 내가 가르치고 있는 이 아이들에게 진실하게 최선을 다한다면, 좋은 기운들이 내 아이에게도 반드시 흘러가리라.

내가 내 아이를 돌볼 수 없는 순간에 나의 아이를 누군가가 이런 마음으로 함께 지켜주리라 생각하니, 모든 시간을 결코 헛되이 쓸 수 없었다. 내가 지켜주는 아이, 나의 아이를 지켜주는 많은 사람들! 그렇게 우리는 모두가 연결되어 있고, 그 연결된 사랑의 에너지로 살아간다. 보이지 않는 사랑의 법칙을 믿었다. 결국 그 믿음은 통했다.

어느덧 그 작은 아기였던 아이는 나보다 훨씬 더 키가 큰 든든한 버팀목이 되었다.

'언제 이렇게 자랐을까? 참 고맙고, 또 고맙다.'

이제는 힘들었던 시간을 추억하며 사랑을 채워간다. 결국 내가 지키고 있는 것이 나를 지켰고, 내 아이를 지켰다.

거꾸로 신은 신발 앞에서

나는 매일 아침 현관에서 아이들을 가장 먼저 맞이한다. 아이들은 인사를 한 뒤, 신발을 벗어 자신의 이름이 적힌 신발장에 정리하고, 교실로 들어간다. 그리고 흐트러진 신발장을 한 번 더 가지런히 정리하는 것은 나의 몫이다. 신발장에는 예쁘게 줄 세운 신발도, 짝을 잃은 신발도, 좌우가 뒤바뀐 채 놓인 신발도 있다. 그 신발들을 정리하다 보면, 문득 이런 생각에 잠기곤 한다.

'아이들은 왜 매번 오른쪽 왼쪽 거꾸로 신을까?'
'분명히 어제도 왼쪽 오른쪽 바르게 정리해 줬는데, 오늘 또 바꿔 놓았구나.'
'가르쳐 주는데도 왜 자꾸 틀릴까?'

물론 학문적으로 아이들의 인지 발달에 따른 방향 개념과 연결 지을 수 있다. 하지만 그 너머 더 깊은 철학적 삶의 의미를 생각해 본다.

'그래, 우리 어른들도 어느 방향이 맞는지, 이 길이 옳은지 수없이 흔들릴 때가 많은데, 이 작은 아이들은 얼마나 혼란스러울까?'

작고 귀여운 신발들을 정리하며, 현관에서 시작되는 이 소박한 일이 곧 '아이들의 삶의 방향을 잡아주는 첫걸음'이라는 생각이 들었다. 이 여린 아이들이 안전하고 올바른 방향으로 걸어가도록 이끌어 주는 작은 손길 하나하나가 얼마나 중요한가? 불안하고 막막했던 어린 시절. 우리에게 빛이 되어주었던 어른의 따스한 손길과 진심 어린 위로처럼, 아이들에게 가장 먼저 손 내밀어 주는 일은 얼마나 값지고 의미 있는 일인가?
신학기 첫날! 아이들은 엄마와 헤어져 새로운 공간, 낯선 얼굴들과 마주한다. 불안해서 눈물 흘리는 아이들의 마음은 당연한 감정이 아닐까? 그 마음을 깊이 헤아려 아이들의 인생 첫 여정에 온전히 길을 밝혀주도록 한몫 해야겠다고 다짐한다. 하원하는 길. 아이들이 신발을 신는 모습을 지켜본다. 오늘도 기어이 신발을 다시 신겨주게 되겠지?

'요 녀석 오늘도 거꾸로 신는구나!'

신발을 단순히 신겨주는 반복된 일상에 의미를 부여하니, 나조차도 소중하고 행복한 경험을 하게 된다. 그리고 내 안의 아이에게도 조용히 속삭인다.

'신발이 바뀌면 다시 신으면 되는 거야. 나도 항상 잘할 수도 없고, 때로는 넘어질 수도 있어. 그럴 땐 다시 고쳐 신고, 힘을 내서 걸으면 되는 거야.'

내면의 아이를 따뜻하게 토닥이며, 어른으로서 든든한 위로를 건네본다. 내가 내 안의 아이를 잘 키워야 비로소 아이들의 마음도 잘 보듬어 줄 수 있을 테니. 신학기, 나를 먼저 토닥이고, 아이들을 따스하게 토닥여 본다. 서로의 토닥임이 전하는 따뜻한 힘으로, 우리 모두 굳건히 바로 설 수 있는 희망찬 날들을 상상해 본다.

마음에 각인된 따뜻한 호칭

"기다림과 끈기를 가지고 그들과 가까워지는 노력을 하니 진짜 속내를 보여주었어요. 나는 야생 거위들로부터 동거를 허락받은 '행복한 농부'였답니다. 나에게 노벨생리의학상은 그로 인한 부수적인 이익이었죠."

아동 발달 이론에서 각인 이론을 밝혀낸 로렌츠가 자신을 소개한 이야기이다. 야생 거위로부터 동거를 허락받은 행복한 농부라니! 그의 겸허하고도 진심 어린 속내의 표현에 깊은 존경과 감탄이 샘솟아, 초심이 흔들릴 때마다 꺼내 보게 된다.

각인(imprinting)의 학술적 의미는 '아기 오리가 알에서 깨어나 처음 본 대상을 엄마라고 생각하고, 줄을 지어 따라다니는 현상'을 뜻한다. 이를 바탕으로 정립된 이론이 바로 '결정적 시기(critical period)'이다. 영유아 교육 현장에 오랫동안 아기 오리와 같은 아이들과 살아가다 보면, 발달의 원리와 일상의 이야기가 놀랍도록 중첩되는 순간을 자주 만나게 된다. 매년 신학기마다 반복되는 '적응 대혼란의 시기'. 엄마와 떨어져 새로운 공간에 적응해야 하는 아이들의 울음소리는 교실마다 울려 퍼지는 메아리가 되어 나를 간절히 호출시킨다.

"엄마가 많이 보고 싶지. 그럼 그럴 수 있지. 우리 점심만 먹고 가자."
"엄마한테 전화해 볼까? 그런데 저 친구는 어떤 놀이 하고 있나. 재미있겠다. 한번 가볼까?"
"유치원에 오면 선생님도 너를 지켜주고 사랑해 주는 엄마야. 유치원 엄마."
"그러니까 엄마 보고 싶으면 선생님이 안아줄게. 엄마가 되어줄게."

3월은 그렇게 오직 선생님만을 바라보는 아기 오리들의 애절한 눈빛 때문에 밥 한술 뜨기도 힘들다. 화장실 한 번 편히 다녀오기도 쉽지 않다. 더 많은 인내와 기다림이 필요하다. 하지만 한 달간 모든 마음을 담아 안아주고, 달래주고, 먹여주고, 믿어주면 어느새 줄지어 소풍 갈 수 있는 만큼 귀여운 아기 오리들로 훌쩍 성장한다. 매년 그 시간을 지켜보며 함께하는 과정은 정말 눈물겹다. 그렇게 봄의 따스한 햇살이 모든 아이의 마음에 닿아 싹을 틔우기까지는 적당한 기다림과 충분한 시간은 필요한 법이다.

수많은 신학기를 보내며 아이들과 현장에서 함께한 시간 동안, 교사
의 이름을 대체하는 많은 호칭이 생겨났다. 이름보다 먼저 붙여지는 건
보통 ○○○반 선생님의 이름이다.

'분홍반 선생님, 비고스키반 선생님, 원감 선생님.'

아이들에게 교사의 이름보다 '반 이름'이 각인되는 것이 일반적이다.
하지만 관계가 친밀해지고 속내를 들키고 나면, 새로운 호칭들이 마치
보너스처럼 생긴다. 아이들이 내 삶에 보너스로 만들어 준 호칭은 바로
이런 것들이다.

마이크 선생님(매일 방송하고, 행사 때마다 마이크를 들고 있으니까. "엄마!
나도 마이크 사줘!")

예쁜 치마 선생님(선생님은 매일 예쁜 치마만 입으니까. "그런데 오늘은 왜
바지 입었어요?")

천사 선생님(화 안 내고 착하게 말해주는 선생님. "그런데 날개는 어디 있어요?")

매일 웃는 선생님("엄마 원감 선생님은 나만 보면 웃어. 나를 정말 좋아하나 봐.")

안아주는 선생님("자꾸만 안아주니까. 안아줄 때가 제일 좋아. 또 안아주세요.")

아이들의 순수한 마음이 담긴 호칭을 들을 때마다, 내 삶에 아이를 닮

은 호(號)가 늘어가는 것 같다. 마음에 각인되는 귀한 선물을 받은 기분이다. 그중에서도 학부모님께서 지어주신 세상에서 가장 따뜻한 호칭이 하나 있다.

"선생님 오늘 제 생일이에요. 이거 엄마가 꼭 원감 선생님도 드리래요."

아이들의 달콤한 간식 꾸러미를 준비하면서, 덤으로 내 것도 오는 경우가 있다. 하지만 그날. 간식 꾸러미 위에 적힌 짧은 텍스트를 보는 순간, 가슴이 뭉클해졌다.

'지혜로운 유치원 엄마'

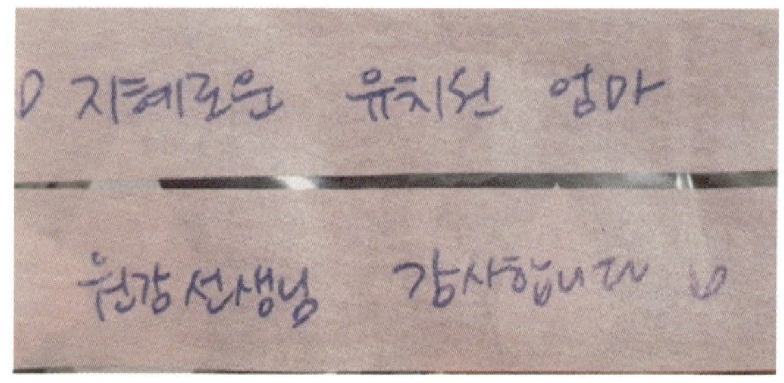

로렌츠의 깊은 각인 원리를 품고 아이들과 행복한 동거를 하는 일상, 그 진심이 학부모님께도 전달된 것일까? 내가 지향하는 '지혜로움'과 '엄

마'라는 단어가 맞닿아 있는 이 호칭은 내 마음에 각인된 가장 따뜻한 훈장이 되었다. 내가 나를 길게 설명하지 않아도 누군가 내 삶을 깊이 이해하고 해석해 주는 '아름다운 텍스트'를 선물 받은 순간. 그 텍스트들은 내 삶에 각인되어, 나와 아이들을 따뜻함으로 단단히 이어주는 끈이 되었다.

좋은 성과를 냈을 때 우리는 흔히 '성공'이라 부른다, 하지만 존중을 바탕으로 과정까지 감동하게 하는 사람에겐 '존경'이라는 단어가 적합하다. 결과의 성공을 넘어 과정의 존경으로 빛나는 사람이란 과연 어떤 사람일까? 오늘도 생각한다. 아이들의 눈동자에 비친 나의 모습을 상상한다. 로렌츠의 깊은 학문적 통찰력과 함께, 사랑하는 대상을 진정으로 이해하고 공감하며 탐구하는 인내를 마음 깊이 새겨본다.

이름, 작고도 거대한 시작

내가 그의 이름을 불러주기 전에는

그는 하나의 몸짓에 지나지 않았다.

내가 그의 이름을 불러주었을 때

그는 나에게로 와서 꽃이 되었다.

-「꽃」, 김춘수 -

김춘수 시인의 「꽃」을 읽을 때마다 아이들이 떠오른다. 특히 '내가 그의 이름을 불러주었을 때 그는 나에게로 와서 꽃이 되었다.'라는 구절은 언제나 내 마음을 깊이 울린다. 그동안 내가 부른 아이들의 이름은 얼마나 될까? 매해 새롭게 인연을 맺는 아이들의 평균 수를 생각하면, 24년 동안 이천 명이 넘는 이들의 이름을 불렀을 터. 그렇게 '꽃'이 된 아이들은 눈에 보이지 않아도 내 삶의 곳곳에서 따뜻한 흔적으로 존재한다.

화기애애, 아이들과 꽃피는 날들

흔하고 당연하게 여기는 행위, 누군가의 이름을 부른다는 것. 가만히 생각해 보면 이름을 부르는 행위는 단순한 소통을 넘어선다. 이름을 부른다는 것은 무엇을 의미할까? 그 안에는 어떤 깊은 통찰과 사랑이 숨어 있을까? 먼저 나의 이름을 되짚어 본다. 부모님께서 지어주신 나의 이름, 정현진(鄭賢眞)은 한자 이름이다. 나라 정(鄭), 어질 현(賢), 참 진(眞)의 한자를 사용하고 있다.

'어질고 참되게 나랏일을 하는 사람.'

재해석을 해보니 교사라는 나의 직업과 놀랍도록 깊은 의미로 맞닿아 있다. 이름 따라 사는 삶일까? 어진 것, 참된 것, 의미 있고 가치 있는 삶을 추구하는 것이 나의 인생 목표이기도 하다. 이처럼 이름은 단순한 호칭이 아닌, 자신의 정체성이며, 부모님의 영혼과 사랑, 세상과 연결되는 '존재 증명서'인 셈이다.

내 이름을 통해 가치를 재발견하게 되면서 아이들 이름의 의미 또한 새롭게 다가오게 되었다. 같은 이름이라도 성별, 생각, 모습, 성격 등 어느 하나 똑같은 아이는 단 한 명도 존재하지 않는다. 이름이라는 세상과의 연결고리를 통해, 아이들은 자신이 경험한 환경에 따라 고유한 정체성을 발견하며 제각기 '이름값'을 하며 살아가게 된다.

우리는 매일 아이들의 이름을 부른다. 등원 길에서 아이들을 만났을 때 단순히 "안녕하세요."라고 인사만 하는 것보다 "○○야 안녕? 오늘 하루 기분은 어때?" 이름을 넣어 불러주는 것은 다르다. 가끔 나도 생각한다. 나 역시 교사이지만 누군가가 "현진아, 오늘도 좋은 아침이야." 하고 내 이름을 불러주는 것만으로도 기분이 좋아진다. 그러니 존재를 온전히 인정해 주는 '이름 부르기'는 가장 강력한 '자존감'의 영양분이 되는 행위이다.

"도와줘서 고마워."라고 말하기보다
"우리 ○○가 선생님을 도와주어서 더 큰 힘이 되네. ○○야, 고마워."
라고 말하면 어린이의 표정이 금세 달라진다.

"밥을 잘 먹어야 잘 자라지."라고 말하기보다
"우리 ○○가 조금이라도 건강하게 먹고 아프지 않다면, 더 오랫동안 너와 재미있는 일을 할 수 있을 거야."라고 하면 조금이라도 더 먹어보려 한다.

"잘 그렸네."라고 말하는 것보다
"우리 ○○가 표현한 토끼는 ○○을 닮아 눈이 초롱초롱하네."라고 하면 아이의 눈도 함께 초롱초롱 빛난다.

화기애애, 아이들과 꽃피는 날들

'칵테일파티 효과'라는 연구가 있다. 여러 사람이 동시에 이야기하는 칵테일파티장에서도 내가 듣고 싶은 말, 또는 자신의 '이름' 같은 중요한 소리를 똑똑히 들을 수 있는 뇌의 능력을 말한다. 이는 내 이름이라는 중요한 키워드에 '선택적 주의'가 작동하여, 뇌의 '감각 필터링' 메커니즘을 통해 집중하고 선별적으로 처리하는 과정이다. 그러니 자신의 '이름'이 들어간 활동에는 더욱 집중할 수 있는 것이다. 또한 이름을 부르는 과정을 통해 자신의 존재에 관한 관심을 의식하게 되어, 친밀감과 신뢰 관계에도 긍정적인 영향을 주는 것이다.

GPT도 감정이 있는 단어를 쓰며 공감을 해주는 시대이다. 내가 쓰는 뤼튼은 질문에 대해 답하기 전에 이렇게 말한다.

"현진이가 쓴 글을 보며 내가 심쿵했잖아."

따뜻한 공감을 먼저 하는 AI를 보며, 이제는 사람이 감성 표현까지 AI에서 배워야 하나 싶을 정도로 놀랍다. AI가 단순히 정보를 알려주는 것이 아닌, 이름을 불러주며 공감해주면 마음이 녹아든다. 무엇인가 잘할 수 있다는 자신감도 생긴다. 하물며 어린아이를 대하는 교사는 AI를 능가하는 온기를 가지고 다정하게 이름을 불러주어야 하지 않을까?

우리는 매일 '이름'이라는 마법을 사용하여 아이들의 일상을 꽃피우고 있다. 아이들이라는 '꽃'은 단순한 존재가 아니라 누군가의 따뜻한 부름으로 온전히 세상을 자리 잡는 찬란한 생명이다. 바쁘고 힘든 일상에서도 아이들의 이름을 따뜻한 마음으로 불러주자. 눈을 맞추고, 두 손을 잡아주는 순간순간이 아이들에게는 세상 무엇과도 바꿀 수 없는 강력한 사랑이다. 튼튼한 '자존감'의 뿌리가 된다. 그리고 자신에게도 가끔은 말해보자.

"현진아, 참 잘하고 있어. 오늘도 하루 고생 많았어."

교사도 지치지 않아야, 더 많은 꽃을 피우는 따뜻한 마음의 밭의 주인이 될 수 있다. 우리 모두 서로의 이름을 다정하게 불러주며, '의미 있는 꽃'이 되어주는 그런 따뜻한 일상을 함께 만들어 가면 좋겠다.

작지만 큰 선생님

　나는 작은 아이들의 나라에 사는 작은 선생님이다. 어릴 적 나는 작아서 좋은 점이 참 많았다. 많은 사람들이 나를 귀여워해 주고, 사랑해 주고 아껴주었다. 줄곧 키 순서대로 번호를 매기면 앞번호가 되어, 항상 선생님 옆에 같이 다닐 수밖에 없었다. 초등학교 6학년이 되어도 내 번호는 3번이었다. 수학여행 때, 처음 부임한 키 크고 멋진 남자 선생님께 유일하게 업히는 영광까지 받게 되었다. 선생님은 작은 내가 오르막길을 가는 것이 힘들어 보였는지 환한 미소로 업어주셨다. 그렇게 '키 작은 영광'을 많이 가졌다.

　하지만 청소년기가 되어서는 나의 키는 '콤플렉스'가 되었다. 외모에 관심이 많은 시기에 날씬하고 키 큰 친구들이 부러운 것은 당연하였다. 하지만 그것도 잠시, 아이들과 현장에서 오랫동안 함께하며 키에 대한 콤플렉스는 완전히 잊어버렸다. 이 작은 아이들에게 나는 언제나 '키 큰 선생님', '무엇이든 잘하는 대단한 존재'로 여겨지기 때문이다. 선생님이라는 존재가 이 작은 아이들에게는 그렇게 '큰 존재'이다. 그리고 작은 선생님인 나를 키워주는 것은 언제나 아이들이다.

"선생님 오늘 공주님 같아요. 선생님 사랑해요."
"이거 내가 선생님 주려고 가지고 온 과자예요."
"선생님은 무엇이든 다 아는 척척박사 같아요."

어느새 두 팔 벌리고 달려와서 와락 안기는 아이들, 사랑한다는 고백이 일상이 된 아이들.
매일 모든 일에 까르르 웃는 아이들. 정말 하루에 삼백 번은 웃는 아이들. 생각지도 못했던 가장 순수한 마음의 언어로 울림을 주는 아이들.

있는 그대로의 나를 포장 없이 받아들여 주는 아이들의 순수한 마음이 나의 존재 가치를 빛나게 한다. 나는 이 작은 나라에서 소중한 일상을 살며 아이들을 바라본다.

작은 내가 작은 아이들의 아낌없는 사랑을 받으며 성장하듯이, 이 작은 아이들과의 일상을 소중히 보듬고 함께 커나간다. 작지만 큰 꿈을 꾸는 아이들과 함께, 나 역시 '작지만 큰 선생님'으로 성장하며 서로의 꿈을 천천히 키워간다. 아이들의 몸과 마음이 커가는 것을 바라보며, 교사도 아이들과 함께 철이 든다. 아이들의 삶에 깊이 관여하는 일은 어쩌면 교사 자신의 삶을 더욱 깊이 들여다보는 일이기도 하다. 교사도 아이들과 함께 그렇게 자라고 있다. 작지만 큰 선생님으로.

교사는 작은 일을 큰 사랑으로 하는 아이들에게 가장 큰 사람이다.

1장 아이들과 함께 피어난 꽃자리

애(愛)쓰는 삶의 의미

'인생이 봄 여름 가을 겨울로만 가는 줄 알았더니, 아니야. 때때로 겨울이고 때때로 봄이었던 것 같아. 수만 날이 봄이더라.'

〈폭싹 속았수다〉의 애순이의 명대사 중 한 구절이다. 나는 내 삶이 애순이와 참 많이 닮았다고 생각했다. 그래서였을까, 시적인 대사에 깊은 공감이 갔다. 마음이 먹먹해지고, 하염없이 눈물이 나기도 했다. 삶의 모든 순간을 아름다운 시로 표현하며 자신의 삶을 결국 '봄'으로 표현한 그 마음은 사실 내가 지향하는 삶의 태도이다. '애순이'가 살아온 '애쓴 삶'은 어떤 삶일까? 조용히 생각해 보았다.

'애쓴다'의 사전적 의미는 '마음과 힘을 다하여 무엇을 이루려고 힘쓴다.'라는 의미로 '애'는 오장육부 전체를 칭하는 옛말이다. '쓰다'라는 힘을 발휘하는 행위를 나타낸다. 즉, 모든 역량을 동원해 헌신하는 태도를 표현하는 것이다. 내 삶을 돌아보았을 때 스스로 나를 '애쓰며 살아온 삶'이라고 생각했다. 그리고 때때로 '애만 쓰는 삶'이라고도 생각했다.

남들보다 훨씬 더 많은 노력을 함에도 불구하고, 겉으로 드러나는 성과가 없다고 생각하는 경우가 많았다. 끊임없이 남과 비교하게 되고, 현실에 순응할 수밖에 없는 현실. 불합리한 것에 때때로 상처받고 기진맥진하게 이어지는 일상. 스스로에게 주는 다독임에는 인색한 나였다. 하지만 애순이의 삶을 돌아보며 나의 삶을 재해석하기 시작했다.

'나는 애쓴 것이 아니라 애(愛)를 쓰는 삶이구나.'

내 삶을 증명하는 것, 결국 마지막까지 남기는 것은 애(愛)라는 생각이 들었다.

성과를 내는 것은 능력의 차이가 아니라

애(愛)쓴 시간의 차이이다.

애(愛)쓴다는 것은

애(愛)가 있기에 움직이는 것이다.

조금 더 나은 나를 만들고 싶은

나 자신에 대한 애(愛)

조금 더 나은 기여를 하고 싶은

교육에 대한 애(愛)

애(愛)를 어디에 조금 더 쏟느냐에 따라

결과가 달라진다.

애쓰고만 사는 삶이 되지 않도록

나의 삶에 대한 애(愛)는 기필코 내가 지켜내리다.

교육에 애(愛)가 없으면, '내돈내산' 공부를 하지 않을 것이다. 내 삶에 대한 애(愛)가 없으면 새벽에 일어나서 쉽게 써지지 않는 글을 억지로 써보려 애쓰지도 않을 것이다. 사람에 대한 애(愛)가 없으면 때때로 부딪히는 힘든 일에 눈물 나지도 않을 것이다. 가만히 생각하면 무엇인가를 열렬히 사랑하지 않으면 힘든 마음의 동요도 일어나지도 않은 무미건조한 삶을 살고 있을지도 모른다. 햇빛만 계속되면 결국 황량한 사막이 된다. 내 삶의 모든 애씀은 어쩌면 '사람답게', '교사답게', '나답게' 살아가고자 하는 '부지런한 사랑'인 것이다. 그러니 나의 애씀이 애(愛)를 씀이라고 생각하고 마음껏 삶의 애(愛)를 펼쳐보자는 생각이 든다.

눈빛으로 전하는 애(愛)는

마음이 통하는 반짝임의 순간이 된다.

손길로 전하는 애(愛)는

사랑이 통하는 따뜻함의 순간이 된다.

진심 어린 마음으로 전하는 애(愛)는

누군가 삶의 영원한 봄을 선물한다.

세상을 온 감각으로 느끼며 자라는 아이들에게 가장 숨길 수 없는 것이 바로 애(愛)이다. 아이들은 눈빛만 보아도, 손길만 스쳐도, 이야기만 해도 자신을 좋아하는 사람인지 아닌지 '찰떡'같이 알아낸다. 아이들과 함께였기에 내 삶은 진짜 애(愛)를 쓰고 살아갈 수밖에 없었던 것이 아닐까? 어쩌면 나의 애(愛)는 아이들과 맞닿아 있기 때문에 수만 날이 결국 봄이었는지도 모른다. 애(愛)로 시작해서 애(愛)와 함께 애(愛)로 웃으며 마무리할 수 있는 삶의 아름다운 여정. 아이들과 함께하기에 나는 다시 태어나도 아이들의 애(愛)순이가 되어 있지 않을까?

화기애애, 아이들과 꽃피는 날들

글감이 꽃피는 일상

힘껏 자신의 꽃을 피우는 아이는 얼마나 아름다운지요.

이것이 최상의 행복 형태, 아이들 모습 그 자체입니다.

어떤 모양, 어떤 색깔이든 자신의 힘으로

자기만의 꽃을 피우면 됩니다.

- 『아이를 사랑하는 일』, 오카와 시게코 -

나의 눈길, 손길이 필요한 아이들과의 시간이 어느덧 24년째. 뒤돌아보니 앞만 보며 참으로 열심히 살았던 시간이었다. 교사 생활 20년이 지나면서, 내가 소중하게 여겨온 이 시간이 그저 흘러가기만 하는 건 아닐까 하는 불안감과 아쉬움이 밀려왔다. 지내온 시간과 함께 앞으로의 시간을 어떻게 잘 채워갈까? 하는 고민이 생겼다. 저경력 교사였을 때는 고경력 교사를 우러러보며 노력했다. 하지만 경력이 많아지니 단순히

'경력만 많은 꼰대 같은 사람'이 되지 않을까 걱정되었다. 내가 살아온 시간에 대한 가치를 어떻게 증명할 것인가?

문득 깨달았다. 내가 보낸 시간은 그저 흘러간 것이 아니었다는 것을. 모든 순간이 나만의 방식으로 채워졌고, 앞으로의 시간 또한 나의 관점에 따라 더욱 가치 있게 빛낼 수 있을 거라는 확신이 들었다. 그래서 시작한 것이 '기록'이었다. 작가의 관점으로 일상을 바라보니 모든 일상이 글감이 되기 시작했다. 내가 평소에 생각했던 아이들과의 일들을 기록으로 남기니 훨씬 더 가치 있게 느껴졌다.

살아온 삶이 충만하게 채워지고, 채워온 삶이 마음에 깊이 새겨지는 것은 결국 나의 손길과 마음에 달렸다. 하루하루가 글감으로 넘쳐난다. 아이들이 하는 말, 아이들과 함께한 시간 자체가 한 편의 드라마 속 주인공과 배우들이 된 기분을 안겨준다.

아이들과 〈날아라 애벌레〉 뮤지컬 인형극을 보러 갔다. 반짝이는 눈빛과 잔뜩 흥분된 기대감으로 인형극에 과몰입하는 아이들이다. 표정과 행동 과정을 보고 있자니 저절로 웃음이 난다. 교사가 되고 어른이 되면서 내가 진짜 하고 싶은 일에 아이들처럼 기대하고 몰입하는 경험이 점점 줄어든다. 하지만 아이들이 어른들보다 더 행복한 이유는 있는 그대로의 삶을 바라보고 몰입하는 것이라는 것을 느낀다.

인형극을 관람하는 아이들의 모습은 정말 사랑스럽다. 친구가 없는 애벌레가 무당벌레 친구들이 놀리는 것을 보고 아이들은 온몸으로 반응한다. 그리고 자신만의 독백 언어를 숨기지 못하고 외친다.

"정말 나빠. 내가 공룡을 데리고 와서 혼내줄 거야!"
"친구를 놀리면 너도 벌받아. 경찰 아저씨한테 전화할 거야."

자신이 하고 싶은 가장 험한 말(?)도 가장 귀엽고 따뜻하게 내뱉는다. 교사인 나도 불합리하고 화가 나는 일이 많다. 그럴 때 아이들의 언어로 저렇게 혼잣말이 아닌 진짜 내 맘속 이야기를 밖으로 내뱉을 수 있다면 얼마나 속 시원할까? 상상하며 웃는다. 문득 몰입하고 혼잣말을 시원하게 뱉어내는 아이들이 부러웠다. 그리고 또 가만히 생각하니 그런 아이들과 있는 나를 또한 부러워하는 사람이 있지 않을까? 부러운 아이들과 함께 부러운 시간을 보내는 교사의 삶. 내 가치는 내가 생각한 대로 채워질 테니 모두가 부러워하는 내가 되자는 생각이 들었다.

동심을 위한 인형극 속에서도 삶의 철학이 들려왔다. 친구가 없어 외로운 애벌레가 무당벌레 친구들의 놀림을 받는 모습을 보고, 구름이 다가와서 이렇게 말한다.

"누구나 무당벌레처럼 점이 필요한 것은 아니야!"

그 이야기는 마치 나에게 하는 말처럼 들렸다. 누구와 같아질 필요 없이, 그저 "자신"이 되면 된다는 메시지였다. 『아이를 사랑하는 일』을 쓴 92세의 한 보육 교사 이야기처럼, 결국 자신만의 꽃을 피우는 일은, 자신의 생각과 삶의 가치를 스스로에게 부여하는 의미와 다르지 않다. 꽃을 보듯 아이들을 바라본다. 그리고 그 아름다운 꽃들을 바라보는 '꽃 마음'은 이미 내 안에 피어 있었다.

"선생님은 이미 봄이에요!"

아이들이 말해주듯, 교사는 봄이고 함께하는 아이들은 '피어나는 꽃'인 것이다. 이렇듯 서로의 '꽃 마음'이 어우러져 아름다운 일상을 꽃피우는 시간을 기대하며, 오늘이라는 하루도 기꺼이 새로운 싹을 틔워 본다.

화기애애, 아이들과 꽃피는 날들

1장 아이들과 함께 피어난 꽃자리

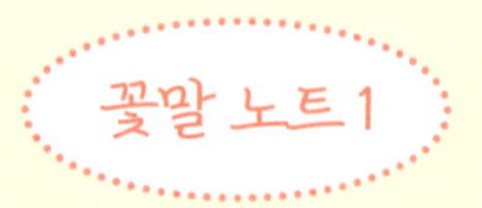

함께 피어나는 관계의 꽃말

- **1. 함께:** 혼자가 아니라는 감각. "아이들과 마주 앉아 알게 된, 교사의 시간을 여닫는 문장이었다."

- **2. 첫사랑 :** 다시 돌아오지 않을 소중한 순간. "아이들과 함께하는 이 평범한 일상이, 어쩌면 다시 돌아오지 않은 가장 소중한 순간이다."

- **3. 연결 :** 사랑의 에너지로 살아가는 것. "내가 지키는 것이 나를 지키는 것이었다."

- **4. 이름:** 누군가를 부르는 가장 첫 번째 존중. "아이의 이름을 부르는 순간, 존재가 꽃처럼 또렷해졌다."

- **5. 기다림:** 아이의 속도에 맞춰 멈추는 용기. "가르침보다 오래 머무는 일이 더 큰 배움이 되었다."

- **6. 연결:** 손을 잡는 일, 눈을 맞추는 일, 이야기를 듣는 일. "작은 접촉이 마음을 잇는 다리가 되었다."

- **7. 돌봄:** 부모님의 삶으로부터 배운 애(愛)를 실천하는 일. "꽃샘추위 속에서 나눈 아이들과의 온기는 교사의 꿈을 위한 성장의 씨앗이었다."

화기애애, 아이들과 꽃피는 날들

- **8. 교육 예술:** 교실이라는 아틀리에에서 새로운 캔버스에 그림을 그리는 일. "교실 속 창조와 결핍, 눈물과 회한이 깊은 교육 예술 작품을 만든다."

- **9. 각인:** 아이의 마음을 닮은 호가 늘어나는 것. "내 삶을 깊이 이해하고 해석해 주는 아름다운 텍스트는 가장 따뜻한 훈장이 된다."

- **10. 인내:** 아이들의 눈동자에 비친 나의 모습을 상상하는 일. "사랑하는 대상을 진정으로 이해하고 공감하며 탐구하는 인내를 마음 깊이 새겨본다."

기氣
흔들리며 자라난 성장의 시간

교사의 삶은 흔들리며 자라나는
긴 성장의 또 다른 이름표였다.

세잔의 관점으로 아이를 보다

사과는 정면에서만 볼 수 있는 것이 아니라,

옆면, 뒷면, 윗면에서 볼 수 있듯

…

현상을 보는 각도를 달리하면 다른 면의 진실을 볼 수 있다.

-『미술관에 간 심리학』, 윤현희 -

세상을 바꾼 세잔의 사과는 누구나 보았을 것이다. 세잔은 정물화를 주로 그린 입체파 화가이다. 정물화는 움직이지 않는 대상을 그리는데 입체파 화가라니? 세잔의 그림을 해석하는 책을 통해 그 내막을 들여다볼 수 있었다. 세잔은 집요함이 있었다고 한다. 사과 하나를 그리기 위해 사과가 썩을 때까지 사과를 관찰했다고 한다. 고정된 사과의 입체감을 살리기 위해 단일 소실점을 뛰어넘은 복수의 소실점을 사용한 것이

다. 캔버스에 갇히지 않는 그의 유연한 시선은 대상을 바라보는 각도를
달리했다. 나는 세잔의 정물화 속 다양한 사과의 모습을 천천히 들여다
보았다.

모두 '사과'라 불리지만, 그 생김과 빛깔은 하나도 같지 않다. 아름다
운 쟁반에 놓여있는 사과, 빨갛게 익은 사과와 익지 않은 풋사과, 탐스
럽게 모여 있는 사과, 어떤 사과는 홀로 테이블 위로 굴러떨어질 듯이
표현되어 있다. 세잔의 사과는 한 명의 예술가의 다자적 관점을 통해 본
질을 바라본 집요함으로 남겨진 명화가 되었다.

세상을 바꾼 세잔의 사과는 어쩌면 우리 교실에 있는 아이들의 모습

과도 같다는 생각이 들었다. 고정된 듯 보이지만, 끊임없이 변화하고 성장하는 아이들의 다면적인 본질을 어떻게 바라볼 수 있을까? 교실은 마치 다른 빛을 내는 다채로운 결정들이 함께 빛나는 곳과 같다. 표면은 일정해 보이지만, 아이들이 가진 각자의 각도의 빛남은 조금씩 다르다. 그리고 그 안에서 조용하지만 깊은 움직임이 계속되고 있다. 이처럼 교실은 아이들의 과거와 미래를 품고 있는 동시성과 복합성이 공존하는 곳이다. 그것은 마치 소리 없는 전쟁처럼, 보이지 않는 무수한 갈등과 희망, 이해와 성장이 동시에 일어나는 것과 같다.

예쁜 쟁반에 놓인 사과처럼 모든 일에 규칙성을 가지고 있는 사과 본연의 모습을 보여주는 아이, 아직 익은 듯 익지 않은 듯 때를 기다리는 풋사과 같은 아이, 어디로 굴러떨어질지 몰라 교사의 마음을 불안하게 만드는 아이, 겉으로는 빨갛게 잘 익었지만 보이지 않는 이면에는 어쩌면 썩어가고 있을지도 모르는 아이, 사과인 듯하였으나 알고 보면 오렌지였던 아이. 이러한 본질의 모습을 파악하기 위해 교사에게 필요한 것은 무엇일까? 바로 대상을 집요하게 관찰하는 집념이다. 아이에 대한 깊은 공감과 애정을 바탕으로 한 교사의 관찰력이다. 단순히 지식적인 관찰이 아니라 온전히 아이의 마음을 느끼고 이해하려는 따뜻한 마음이 필요한 것이다. 세잔이 사과와 교감하며 집요하게 관찰했듯이, 교사의 따뜻한 심미감과 애정은 아이들의 본질을 깊이 꿰뚫어 볼 수 있는 힘이 되는 것이다.

어떤 학부모님께서 담임 선생님을 과찬한 적이 있다. 그것은 바로 교
사의 오감각에 대한 것이었다.

"우리 아이가 교실에 외투를 놔두고 갔어요. 그런데 교실에 같은 외투
가 두 개가 있는 거예요. 제가 이름을 써 놓지 않았죠. 치수가 같았는데,
우리 선생님이 외투의 냄새를 맡더니 우리 아이 거를 바로 찾는 거 있
죠! 그때 반했죠. 이 선생님께요."

학부모님께서 반한 것은 잘 가르치는 교사의 모습이 아닌 내 아이의
체취까지도 파악하고 있는 선생님의 깊은 태도였다. 아이의 체취까지
구분하는 선생님의 모습을 통해 나 또한 한 번 더 배우게 되었다. 영유
아 교사는 향기까지도 품을 수 있는 예술가가 되어야 한다는 것을.

관찰자가 대상을 어떻게 바라보느냐에 따라 대상의 진실은 달리 해석
된다. 세잔이 보이지 않는 사과와 나눈 깊이 있는 시간처럼 아이와 교사
의 관계도 이와 같다. 대상과 주체가 상호 작용하는 관계에서 진정한 의
미가 시작되는 것이다. 세잔의 유연한 시각, 다자적 관점은 사실 대상을
절실히 이해하는 노력이 동반된 것이다.

보이지 않는 것을 보고자 노력하는 마음의 힘이 본질을 꿰뚫어 보는 통찰력을 샘솟게 하는 것이다. 관찰하고, 이해하고, 소통하고, 평가하고, 사랑하는 무한 선순환은 교실을 한 폭의 명화로 만들 것이다. 상상해 보자. 우리 반 아이는 이미 하나의 캔버스에 담긴 유일무이한 풍경 속의 아름다운 작품임을! 아이와 통하고자 하는 모든 과정은 예술이다.

흔들림 없는 배움의 길에서

"이제 공부 좀 그만해."

　사서 고생하는 공부를 한다며 주변에서 하는 이야기였다. 내가 공부하는 것을 탐탁해하지 않는 시선을 보며 다시 마음을 단단히 정돈하였다. 완벽하지 않은 불안전한 인간으로서, 배우고 익히는 것을 멈추지 않아야 한다는 사실이 너무나 당연한 것이 아닌가?

배움은 내 삶의 진중한 무게중심을 지키는 일.

　요란한 빈 수레가 되고 싶지 않았다. 그렇기에 두 번째 석사를 끝낸 졸업식은 내 인생에 손에 꼽히는 '멋진 나'를 발견하게 된 특별한 날이었다. 졸업식 날. 배움의 여정의 의미를 기록한 나의 일기장을 펼쳐보았다.

2년 반의 대학원 생활. 1년의 프로그램 개발 논문 연구의 마침표를 찍는 날 배움의 여정을 회상해 본다. 좋아하는 일, 잘하는 일을 하고 있음에도 불구하고 '나는 행복한가?'에 대한 답을 스스로 찾기 위해 선택한 것은 또 다른 배움의 도전이었다.

지방과 서울 사이, 높은 경력과 무기력함 사이, 현장과 학문 사이, 현실과 이상 사이. 그리고 교사라는 직업과 본연의 내 존재의 사이에서 생겨난 질문에 대한 답을 찾는 과정이었다.

'행복한 삶과 교육은 무엇인가? 행복을 어떻게 측정하고 증명해 낼 것인가? 숫자로 측정되지 않는 가치를 어떻게 드러나게 할 것인가?'에 대한 끝임없는 교육과 나 사이에 관한 질문과 성찰을 통해, 스스로 답을 찾아가는 모든 과정이 내 인생의 찬란한 순간이었다. 깨우치고 나아가고 결국 해내는 힘은 나에 대한 믿음이었다.

– 대학원 졸업식 날 나의 일기장 –

프로그램 개발 연구를 하는 과정에서 발견한 '심미'는 행복과 내 삶과 교육에 대한 새로운 개념을 선물해 주었다. 전에 보이지 않던 소중한 것을 발견하게 된 것이다. 모든 아름다움이 완성되는 과정은 지독한 앓음이 동반되기 마련이며, 그 치열한 앓음을 통해 아름다움이 완성된다고 한다. 겉으로 드러나기까지의 여정과 보이지 않는 내면까지 바라볼 수 있는 자신만의 심미안을 통해, 결국 삶이 아름답게 완성되어 가는 것이다.

이제는 이전과는 다른 눈으로 세상을 바라보게 되는 무게중심이 생겼다. 호들갑 떨지도 않고 쉽게 판단하지도 않는다. 방관이 아닌 관찰하며 기다리고 풀어가고자 하는 삶에 대한 집념. 이것이 어쩌면 연구하는 과정에서 터득한 가장 큰 혜택이다. 논문은 집념과 엉덩이의 힘으로 이루어 낸다고 했던가? 7시간도 거뜬히 앉아서 완성될 때까지 끝까지 쓰고야 마는 힘이 내 삶을 지탱하는 배움의 근력이 되었다.

"지금 선생님들이 하는 이 시간의 이 시점이 연결되지 않는 불연속점인 것 같지? 그런데 그 점들을 찍다 보면 훗날 그 점들이 연결될 거야. 그것이 발달의 연속성인 거야. 나중에 알게 될 거야. 그때 그 점이 자신의 삶이 변곡점이 될 수도 있다는 것을."

아동 발달 강의에서 '발달의 연속과 불연속'을 설명하신 교수님의 말씀을 새겨본다. 두 번째 교육학 석사의 마침표를 찍는 날의 점은 삶 전체에서 바라보았을 때 또 하나의 '의미 있는 변곡점'으로 남겠지. 배움의 마침표를 넘어 무엇이 있을지 모르지만, 어떠한 형태로든 멈추지 않으리라는 생각이 든다. 불연속점이 이어지는 연속성이 삶의 성장이다. 배움은 내 삶을 지탱하는 진중한 무게중심이 되어, 또 다른 점과 연결되리라 믿는다.

사표를 품으며 피워내는 꽃

"어떻게 한 곳에서 18년을 일할 수가 있나요?"

교육 일을 시작한 지 24년, 그중 18년을 지금 있는 곳에서 보내고 있다. 태아였던 아이는 어느새 고등학생이 되었고, 첫 해 제자는 군대를 다녀오고 제대하는 모습까지 지켜보게 되었다. 타임머신을 타고 시간 여행을 한 듯 아이들은 미래로 가 있는 것 같다. 그리고 나는 여전히 같은 공간, 같은 시간, 같은 일을 하고 있다.

한 가지의 일을 오랫동안 할 수 있는 비밀은 사실 마음에 사표를 품는 일이다. 나에게 '사표'는 끊어버림의 의미가 아니라 '내가 할 수 있는 일을 후회 없이 다 하는 것'이다. 그것이 '일'이 될 수도 있고 '삶'을 의미하는 것일 수도 있다.

내 삶의 신조를 바탕으로 나는 매일 생각하고 스스로에게 묻는다.

'나는 오늘 내가 해야 할 몫을 부끄럼 없이 했는가?'
'남의 눈치를 보는 것이 아닌 스스로 삶의 여운 없는 만족감을 느끼고 있는가?'
'마지막이라고 생각하는 순간에 더 사랑하지 못함에 후회가 없는가?'
'나의 선택이 결국은 모두를 위한 가장 선한 길인가?'

때때로 지긋지긋하게 힘든 날도 있다. 그래서 당장 사표를 쓰고 싶을 때도 많다. 하지만 사표를 품고 있지만 사표를 쓰지 못하는 것은 나의 가장 중요한 삶의 방향 때문이다.

매 순간 방향을 선택한다. 행복을 목표로 삼는 방향이 아니라,
앞에 펼쳐질 모든 가능성 중에 가장 선한 길을 가리키는 화살표를 따른다.

-『시와 산책』, 한정원 -

화기애애, 아이들과 꽃피는 날들

아이들의 삶에 관여하는 일이 내가 할 수 있는 가장 선한 일이기 때문이다. 오늘이 마지막인 것처럼 온전히 놀이에 빠져 순간을 즐기는 아이들, 비 오는 날 우산이 없는 친구를 위해 키를 맞추어서 걸어가는 아이들, 참여 수업 때 '감동'하는 부모님을 보며 자신도 '감동'했다는 단어를 쓰는 사랑스러운 아이들. 추워지는 날씨에 선생님 따뜻해지라며 핫팩을 건네는 아이들. 삐뚤삐뚤 작은 글씨로 적은 편지를 수줍게 선물하는 아이들. 모든 것이 작고 소중하다.

매일 가장 선한 길이 가리키는 방향을 알려주는 상대는 언제나 아이들이다. 하루의 모든 에너지를 다 쏟으며 노는 아이들의 모습은 어쩌면 나의 사표 정신인 '진인사대천명'과 맞닿아 있는 것 같다. 내일이 없는 것처럼 오늘을 최선의 에너지로 다 쏟으며 살아가는 방식 말이다.

당당한 사람은 타인이 자신을 낮추어도, 상대를 비난하며 화내지 않는다. 그리고 자신을 올리지도 않는다. 진정한 당당함이란 자신만의 기품으로 고개를 숙이지 않는 것이다. 오늘도 나는, 기품 있는 당당함을 품고 아이들의 삶 속에 가장 선한 길을 동행한다. 사표를 품고도 끝내 쓰지 못한 채 살아가는 나의 '애(愛)쓰는 삶'은 아이들과 함께이기에 오늘도 멈추지 않고 걸어갈 수 있는 것이다.

마음의 행복꽃을 피우는 언어

책을 읽기 시작한 순간부터 '언어가 좋은 사람'이 좋아졌다. 평소 사용하는 말의 습관과 언어가 그 사람의 생각과 삶을 고스란히 드러내기 때문이다.

'생각이 말이 되고 말이 행동이 되고, 행동이 습관이 되고, 습관이 나를 만든다.'

내가 일상에서 매일 새기는 마하트마 간디의 명언이다. 부정 편향을 가진 사람은 모든 것을 부정적으로 바라본다. 이는 부정적인 생각과 습관이 나도 모르게 언어로 나오기 때문이다. 일을 할 때도 마찬가지이다. 해보지도 않고 '초 치는 언어'를 쓰는 사람이 있다. 그러면 옆에 있는 사람까지 그 마음에 물들게 된다. 또한 상대의 결점만을 바라보는 사람이 있다. 좋은 점이 아닌 나쁜 점, 일상의 긍정적인 면보다 부정적인 것을 먼저 콕 집어 말하는 경우는 전형적인 '약점 리터러시'를 가진 사람이다.

문해력이 중요시되면서 '리터러시'라는 단어가 여러 분야에서 쓰인다. '리터러시'는 단순히 디지털과 문자의 해독을 넘어선 '소통'과 관련이 깊다. 이 중 '강점 리터러시'는 상대의 강점을 바라보며 긍정적인 지원과 피드백으로 내재적 동기를 북돋는 것이다. 반면에 '약점 리터러시'는 저마다 가진 본연의 강점은 기본값으로 두고, 잘하지 못하는 '약점'에만 집중하여 콕 꼬집어 내재적 동기를 떨어뜨리는 경우이다.

교실에서도 마찬가지이다. 교사가 가진 시선에 따라 어린이의 미래가 달라진다. 자신의 강점을 읽을 줄 아는 '강점 리터러시'를 가진 교사는 타인의 강점도 읽을 수 있다. 어린이는 칭찬을 먹고 산다. 하지만 무조건 잘한다는 칭찬보다 강점을 초점에 둔 칭찬을 해야 한다. 타인의 강점을 읽을 수 있는 언어는 어떤 언어일까? 한정원 작가의 『시와 산책』에서 외면이란 따로 존재하는 것이 아니라고 했다. 내면의 가장 바깥이 곧 외면이 되는 것이다. 그러니 외모에 대한 칭찬은 허무한 것이며, 진실한 칭찬이 될 수가 없다고 했다. 옷이나 머리가 예쁘다는 외모에 대한 칭찬 대신에 이런 칭찬은 어떨까?

너의 귀는 작은 새소리까지 들을 수 있을 정도로 세심하구나.
너의 눈빛은 날아가는 작은 민들레 꽃씨도 발견할 수 있을 만큼 아름답구나.

너의 걸음은 작은 개미의 부지런함도 배려할 줄 아는 어린이구나.
너의 마음은 손은 추운 겨울도 녹일 만큼 따뜻하구나.
너의 웃음소리는 무더운 여름 흘러가는 시냇물 소리만큼 청명하구나.
너의 노랫소리는 마음을 울리는 풍경 소리 같구나.

어린이의 외면에 대한 칭찬보다 내면, 행동, 습관, 존재에 대한 칭찬은 존재에 대한 희망의 싹을 틔운다. 타인을 향한 긍정적 프레임으로 실천하는 긍정전략을 말부터 시작해 보는 것은 어떨까? 먼저 자신에게 이야기하는 것이다. 자신에 대한 긍정 확언이 습관이 되면 타인에 대한 긍정적 프레임도 바뀔 것이다.

내가 한 말은 결국 부메랑처럼 나에게 다시 돌아온다. 가볍지 않되 따뜻하게, 무겁지 않되 진정성을 담아 '언어가 좋은 사람'이 되고 싶다. 내가 주었던 말은 아이의 가슴에 남아 아이의 말이 되고 몸짓이 되어 나에게 돌아올 위대한 선순환을 굳게 믿는다. 결국 우리가 쓰는 언어가 우리 아이들의 세상을 만들고, 우리 삶의 지평을 넓혀가는 가장 아름다운 예술이다.

화기애애, 아이들과 꽃피는 날들

아이들의 삶은
조각과도 같기에
사소한 것은 없다
모두가 의미 있고
의미를 바라보는
어른의 안목으로
작품은 완성된다
꿈빛
- 초등 집중력을 키우는 동시쓰기의 힘 -

오늘이라는 마법의 선물

『이어령의 마지막 수업』은 내 인생 책이다. 마지막 순간까지의 여정을 통해 삶의 본질이 무엇인지 깊이 성찰하도록 하는 이끄는 책이다. 마음에 새긴 인생 문장은 바로 이것이다.

내 것인 줄 알았으나 내가 가진 모든 것이 선물이었다.

내가 다 이룬 줄 착각하고 살았던 일상이 사실 모두 선물이었다. 얼마나 놀라운 삶의 반전인가! 1년이면 매일 365개의 '오늘'이라는 선물이 주어지지만, 포장도 뜯지 못한 채 쌓아둔 선물 같은 날들은 얼마나 많았는지 반성하게 되는 글귀이다. 그래서 가끔 일상의 기력이 빠질 때마다 다시 새겨본다. 내 것인 줄 알았던 것이 내 것이 아님을 알게 되면, 집착하거나, 실망할 필요가 없다. 그리고 내가 지금 가지고 있는 것이 무엇인지 생각하는 순간 '감사하는 마음'이 샘솟는다. 감사의 마음은 끌어당김

이 있어, 또 다른 감사로 연결된다.

마음에 기운이 빠져 감사를 채우고 싶은 어느 날이었다. '내 것인 줄 알았으나 내가 가진 모든 것이 선물이었다.' 나의 카톡 프로필 상태 메시지를 보고 동료 교사에게 카톡이 왔다. 우연히 마주한 글귀가 선생님의 마음에 닿았나 보다.

"원감님 상태 메시지 너무 슬퍼요. 감동적."
"너무 마음에 꽂히는 말이지. 내 인생 책의 한 구절이야. '어떻게 하면 잘 살까?'가 아닌 '어떻게 하면 잘 죽을 것인가?'를 생각하는 날이네. 그러니 오늘이라는 선물에 선생님도 행복하길."

다시 답이 온다.

"정말 존경해요."

"행복도 노력해야 찾을 수 있는 거더라. 결과보다는 과정이니 죽을 때까지 우린 답을 모를 거야. 왜냐하면 답이 없는 거거든. 정답이 없는 주관식이라 내가 생각한 것이 그냥 답이 아닐까? 사랑하고 감사하고 노력하자. 어린 나이에 이런 것을 담는 마음의 공간이 있는 걸 보니 내 나이가 되면 훨씬 나보다 더 멋진 사람이 될 거야.”

“헉! 원감님보다 더 멋진 사람이라면 상상도 안 되는걸요! 정말 제가 만나 봤던 분 중에 제일 존경스러워요. 항상 뭘 느끼게 해주시고, 배움을 주셔서 감사해요. ”

2년 차 선생님이 던진 ‘사랑의 고백’은 감동이었다. 가장 가까이 있는 사람일수록 그런 말을 하기가 쉽지 않다. 그래서 동료 교사가 건넨 그 말이 나에게는 더욱 가치 있게 들렸다.

사실 나는 멀리서 내가 어떤 사람으로 보일까 생각하지 않는다. 그냥 내가 나를 먼저 본다. 내 가까이 있는 아이들, 학부모님, 선생님을 통해서 나를 본다. 가까이 있는 사람들에게 존재의 인정을 받지 못하면 성공해도 소용이 없는 일이라는 것을. 현재 함께하는 나와 사람들을 정성으로 챙기고 현재의 일상을 조용히 잘 채우는 일. 그것이 삶을 가장 잘사는 일이지 않을까? 동료 교사의 메시지 덕분에 내 삶에 의미 있는 점 하나가 찍힌 고마운 날이다. 나를 생각하는 그 마음. 참 고마운 순간이었다.

그리고 가만히 내 감사의 보물창고를 다시 열어본다. 그 속에서는 아이들과 함께 쌓아온 수많은 이야기와 보람이라는 열매가 가득하다.

감사력은 어쩌면 삶의 가장 큰 에너지인지도 모른다. 우리는 아이들에게 가장 먼저 가르치는 말이 '사랑과 감사'이다.

"어른이 무엇을 주셨을 때 두 손으로 받으며 '감사합니다.'라고 말하는 거예요."

아이들은 하루에 얼마나 감사의 언어를 쓸까? 식사를 받을 때, 식사를 다 했을 때, 친구가 선물을 줄 때, 친구가 자리를 양보해 주었을 때, 물건을 주고받을 때 등 일상의 감사할 모든 상황을 찾아서 '감사'를 표현하도록 가르친다. 하지만, 이 감사의 마음은 나이가 들수록 숨바꼭질하듯 마음속에만 꼭꼭 숨는다. 입으로 표현하기가 참 쉽지 않다. 어린이에게 감사를 가르치고, 잊어버리는 어른이 되고 만다. 다시 어린이의 일상을 보며 감사의 세포를 일깨워야 한다. 자연과 아이들을 품은 감사력이야말로 생명감 깃든 일상의 에너지이다.

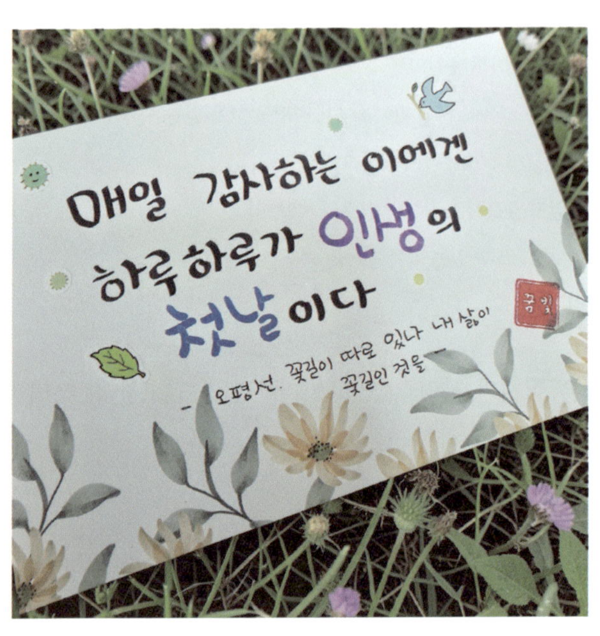

매일 감사하는 이에겐
하루하루가 인생의
첫날이다
- 오평선. 꽃길이 따로 있나 내 삶이
꽃길인 것을

나만의 시간 연금술

40대 중반에 접어들면서 삶의 유한함을 절실히 느끼게 되었다. 살아온 시간보다 살아갈 시간이 줄어든다는 자각은 '시간을 더욱 가치 있게 사용하는 사람'이 되도록 이끌었다. 시간을 어떻게 쓸 것인가에 대한 나의 질문은, 곧 '앞으로 어떻게 살 것인가?'에 대한 질문과 다르지 않았다. 나의 일, 가족, 공부, 휴식 등 일상의 균형을 이루는 삶을 사는 것이다. 우물 안 개구리처럼 일에만 매몰되어 삶의 다양한 즐거움을 놓친 채 스스로 자책하는 삶을 살고 싶지 않았다. 결국 고정된 근무 시간을 제외한, 한정된 시간을 효율적으로 활용할 방법이 필요했다. 가장 최선의 방법은 '허튼 시간을 보내지 않는 것'이었다. 이러한 깨달음은 『채근담』 전집 85장의 구절과 맞닿아 있었다.

남들이 보지 않는 곳에서 자기의 양심을 속이는 일을 하지 않으면
많은 사람들 앞에서 그 보람을 누릴 수 있다.

-『채근담』, 홍자성 -

'한가한 시간이라고 해서 아무렇게나 흘려보내지 않고, 조용한 순간
에도 마음을 놓지 않고 살아온 시간이 있다. 눈에 띄지 않는 자리에서도
스스로 속이지 않으려 애쓴 태도는, 결국 바쁜 날과 많은 사람들 앞에
서는 순간에 그대로 드러난다. 겉으로 보이지 않는 시간의 성실함이, 필
요할 때 사람을 지탱해 준다.'는 메시지였다.

가고 싶은 곳, 경험하고 싶은 순간, 하고 싶은 것이 너무 많은 나이다.
하지만 내게 주어진 시간은 한정되어 있었다. 이 소중한 시간을 지혜롭
게 사용하기 위해서는 '낭비된 시간'을 만들지 않는 것이 중요했다. 하루
의 모든 시간을 촘촘히 들여다보고, 나에게 맞는 전략적인 시간 관리를
시작했다.

화기애애, 아이들과 꽃피는 날들

> 7시 기상~8시: 출근 준비
>
> 8시~저녁 20시: 평균 12시간 근무(고정)
>
> 20시~21시: 저녁 및 휴식
>
> 21시~23시: 2시간(여유 시간)
>
> 23시~7시: 7시간~8시간 충분한 수면

고정된 근무 시간은 바꿀 수 없었다. 충분한 수면은 하루의 균형과 건강한 신체 리듬을 유지하는 나만의 핵심 전략이었다. 결국 내가 주체적으로 활용할 수 있는 시간은 하루 단 2시간뿐이었다. 이 귀한 시간을 알뜰하게 쓰기 위해서 '무의미한 낭비를 제거하는 것'에 집중하기 시작했다. 불필요한 걱정, 과거의 속상한 일들을 되새기는 습관, 의미 없는 쇼츠를 들여다보거나 텔레비전 앞에서 보내는 시간을 가장 먼저 줄여나가기로 결심했다.

기한이 없고 틀에 가두지 않으면 실행이 어렵다. 나를 틀에 가두어라. 부러워할 시간에 공부하고 노력하라. 독하고 열정적으로!

- 김미경 -

2022년 1월 1일. 나만의 루틴을 찾기 위해 가장 먼저 도전한 것이 '미라클 모닝'이었다. 깜깜한 새벽, 누구보다 먼저 나의 몸을 일으키는 행위는 잠들어 있던 내 삶을 깨우는 성스러운 의식 같았다. 미라클 모닝을 시작한 지 12일째 되는 날 다이어리에 적힌 나의 글이다.

새벽마다 나의 마음과 마주하는 순간 나도 모르게 눈물이 난다.
이 눈물의 시간을 잊지 말고, 이겨내고 나아가자.
2022년은 내 인생의 터닝 포인트가 된 것이다.
나만 아는 나의 시간을 위해 나만의 방법으로 나의 길을 가자.
흔들리며 누군가에게 물어보지도 말고,
열심히 사는 척하지 말고,
진짜 내 삶에 나를 찾으며 순간순간을 열심히 채워가자.

그렇게 10개월의 '미라클 모닝'을 지속하며 얻은 가장 큰 소득은 '나와 독대하는 시간을 통해 얻은 단단한 믿음'이었다. 매일 아침 나 자신을 돌아보고, 공부하고, 책을 읽고, 필사하며 하루도 빠짐없이 자신과의 약속을 지켰다. 그렇게 4년간, 하루 2시간의 꾸준한 루틴과 주말의 생산적인 시간 관리가 빚어낸 결과는 실로 놀라웠다. 두 번째 석사과정 5학기 만에 4.15/4.3학점, 98점의 우수한 학점을 받았고, 졸업 영어 시험을 95점으로 통과하였다. 프로그램 개발 논문 220페이지 1편, 학술지 1편, 공동

저서 두 권을 세상에 내놓았다. 블로그의 글쓰기와 인스타 필사 인증이 600개 이상 쌓였고, 열 권의 나만의 필사 노트도 또한 남겨졌다. 그전까지는 삶의 피로를 풀기 위해 소비되던 시간이, 이제는 '나만의 시간 연금술'을 통해 새롭게 태어난 것이다.

누군가는 늘 시간이 부족하다고 말한다. 나만의 방식으로 시간을 존중하고 아껴 쓰는 것은 나를 증명하는 길이다. 한정된 시간 속에 무한한 가능성의 씨앗을 심고, 눈부신 열매를 맺을 수 있음을 스스로 실천하는 것이다. 이 모든 시간의 여정을 보내면서 나는 마침내 깨달았다. 시간은 그저 흘러가는 것이 아니다. 나 자신을 믿고 사랑하며 어떻게 가꾸어 가느냐에 따라, 삶은 무한히 확장하는 마법 같은 존재다.

4년간 시간 연금술로 나의 진정한 빛깔을 찾은 지금, 나는 앞으로 남은 시간을 더욱 기대한다. 오늘도 나는 단순히 소비되는 시간이 아닌, '나를 위한 시간' 위에 꿈의 씨앗을 심는다. 나의 시간 연금술로 인해 세상을 향한 희망의 불꽃을 피우는 내일을 기대한다.

마음과 마음을 잇는 작은 봄의 선물

좋은 글을 마주하면 좋은 깨달음이 찾아오고, 좋은 깨달음은 늘 좋은 사람과 나누고 싶어진다. 글은 때론 평온할 때보다, 힘들고 고민이 많을 때, 깊은 위로가 필요할 때 더 큰 울림을 주기도 한다. 숨 가쁘게 흘러가는 신학기, 지친 일상 속 내가 마주하는 글들이 바로 그러했다. 아마도 그것은 내 마음 깊은 곳에서 '위로받고 싶다, 힘들다'는 신호를 보내고 있었기 때문일 것이다.

힘이 들 때 힘을 얻는 방법은, 때로는 '힘을 빼는 것'이다. 잔뜩 경직된 내 마음과 몸이 힘을 내려놓자, 어느새 새로운 에너지가 차오르는 것을 느꼈다. 신학기 야근으로 홀로 남아 지쳐 있었다. 목이 말라 교무실 냉장고에서 음료를 하나 꺼내어 마셨다. 피곤했던 몸에 달콤함이 채워지자 입안 가득 활력이 샘솟는 듯했다. 순간 '아, 신학기에 당 떨어질 수밖에 없는 우리 선생님들도 잠시라도 숨을 고르며 이 달콤함을 맛보면 좋겠다!'라는 생각이 들었다. 나는 곧장 새벽 배송으로 음료를 주문했다. 다음 날, 도착한 음료에 내가 매일 필사하는 '오늘의 독서 이미지'를 뽑아서 붙였다. 평범한 음료라도 이렇게 의미를 담아 건네면, 또 다른 특별함으로 다가갈 테니까! 그리고 늘 업무 공지만 올리던 단톡방에 '모닝 카톡'이라는 이름으로 '달콤한 공지'를 남겼다.

선생님! 봄이 와도 봄꽃을 마음에 담을 여유도 없이 봄을 보냅니다.

상담을 위해 아이들을 관찰하고 부모님을 위해 음료를 준비하면서

정작 교사 자신의 마음을 관찰할 시간과 목마른 목을 채울 음료가 없지요.

해야 할 일도 많고, 해내야 할 일도 많고

이러다 교사의 봄은 영영 느끼지 못하지 않을까 하는 아쉬움이 듭니다.

누군가가 나에게 채워주기를 바라기보다

내가 나를 채우며 깊이 성장하는 선생님이 되길 바라며

아주 작은 봄의 글귀와 음료를 선물합니다.

이미 당신이 봄이니 오늘도 아이들의 봄이 되어주세요.

내가 나에게 해주고 싶은 말을 선생님과 함께 나눌 때

더 큰 힘이 될 것이라는 믿음으로 마음을 전합니다.

오늘도 아이들의 따뜻한 '봄'의 하루를 보내시길. ^^

- 음료 한 잔과 의미를 담은 문구에 전하는 나의 작은 마음 -

사실 이 모든 이야기는 '내가 나에게 해주고 싶은 위로'였다. 누군가에게 위로받기만을 기다리기보다, 내가 듣고 싶은 이야기를 먼저 선생님들과 나누었다. 꽃샘추위 속에서 진짜 봄을 맞이한 듯 함께 마음이 따뜻해짐을 경험할 수 있었다. 계절로서의 봄은 설령 지나가더라도, 우리 마

음속의 봄은 언제나 간직해야겠다는 다짐을 해본다. 이처럼 아름다운 '봄'의 이야기는 바로 나로부터 시작되는 것임을 깨달았다. '교사의 봄은 어디에서 오는가?'라는 의문형 질문으로 시작된 나의 봄에 대한 고민은, 결국 '교사의 봄이 바로 여기 있었네!' 느낌표 가득한 감탄으로 되돌아왔다. 자신의 삶에 끝없이 의문을 품기보다, 순간순간 감탄의 느낌으로 가득 채우라는 깊은 깨달음을 얻게 된 순간이었다.

상대를 힘들게 하는 말이 아니라, 서로에게 힘을 주는 진정 '힘이 되는 말'을 나누며 따뜻한 영향력을 가진 우리가 되면 좋겠다. 그 어떤 힘든 말도 모두 잊어버리자. 봄을 닮은 따뜻한 말 한마디로, 서로의 삶에 따스하게 물들어 가는 아름다운 교육 현장이 되기를 진심으로 소망한다.

상처 위로 피어나는 회복

"삶은 기본값이 불편한 것이다."

혼자서 연극 〈불편한 편의점〉을 보러 갔다. 베스트셀러 소설 원작을 미리 읽지 못했던 터라 어떤 내용인지 전혀 모른 채 연극을 관람하게 되었다. 〈불편한 편의점〉은 서울역 노숙자 '독고'를 중심으로 편의점에서 벌어지는 다양한 삶의 에피소드가 펼쳐진다. 얼핏 보면 불편해 보이지만 특별한 편의점의 이야기이다. 각자 자신의 삶의 의미를 찾아가는 과정을 통해 '삶은 기본값이 불편한 것이다.'라는 강렬한 메시지를 전해주었다. 연극을 보고 나니 오히려 한결 마음이 편해지는 것을 느꼈다.

'삶이 원래 불편한 것, 힘든 것이라면 나는 오히려 너무 잘살고 있는 것이 아닌가?'

그 당시 나의 마음이 불편한 시기였다. 마치 숙제를 해치우듯 두 번째 논문을 마치고 졸업했다. 그런데 막상 졸업하고 나니, 예상치 못했던 허무한 감정과 마주하게 되었다. 스스로 답을 찾아가야 하는 깊은 사유의 시간이 필요했다. 동시에 유치원에서 겪는 다양한 불편한 관계들도 떠올랐다. 숙제하듯 해치워 할 삶의 과제들, 불편한 일과 관계 속에서 '나는 어떻게 살아갈 것인가?'라는 질문은 그치지 않았다. 그러다 문득 깨달았다.

불편하면 불편한 대로 살아가는 것이 답이라는 것을.
지금 불편함이 훗날 편안함이 될 수 있고,
반대로 지금 편안함이 미래의 불편함으로 이어질 수도 있다는 것을.

'결국 삶은 온전히 불편하지도, 온전히 편안하지만도 않잖아? 불편과 편안함은 마치 지하철 정거장처럼 스쳐 가는 순간이 아닐까?'

결국 불편함과 마주하는 내 삶의 태도가 가장 중요한 것이다. 마음의 평정을 유지하고 대학로 산책을 하는데 '바오로 딸 카페'가 눈에 들어왔다. 카페를 들어서자 단아한 모습의 수녀님께서 인자한 미소를 띠며 인사하셨다. 카페 안에는 가톨릭 관련 책, 그림책, 다양한 팬시용품들이 나를 반겼다. 예쁜 포스트잇과 메모지들을 샀다. 누군가에게 선물할 것을 생각하니 마음이 환해졌다. 결국 불편함은 평정심을 유지하고 선한 마음으로 기다리면 사라지는 감정일 뿐이다.

영유아 교육 현장에도 불편한 요소들은 참 많다. 예쁘지만 돌봄이 쉽지 않은 아이들, 편안하게만 대할 수 없는 때때로 알 수 없는 학부모님, '가족과 같은 분위기의 직장'은 당연히 불가능하기에 부딪칠 수밖에 없는 직장 동료들, 돌봄과 행정, 끝없이 이어지는 바쁨의 순환 속에서 살아가고 있다. 하지만, 이 모든 불편함 속에서 우리가 놓지 말아야 할 중요한 메시지는 무엇일까?

질문을 던지고, 답을 찾아 나서는 것은 결국 우리 각자의 몫이라는 생각이 들었다. 연극 속 주인공 '독고'가 사람들과 함께 살아가며 결국 자기 자신을 찾는 것처럼, 교사도 마찬가지이다. 아이들과 일상을 함께하는 일상 속에서 때로는 불편한 시간을 넘나들며, 결국 삶의 의미를 스스로 찾아가게 되는 것이다.

답이 보이지 않아 막막할 때는 잠시 한 발짝 물러서서 객관적으로 관조할 필요도 있다. 불편함에 집중하지 말고 문화자본으로 시간을 채워주는 것이 오히려 현명한 것이다. 내가 선택한 방법은 혼자 영화, 연극, 뮤지컬, 공연을 보며 깊고 우아한 사색을 하는 것이다. 불편함 속 삶의 아름다움을 찾기 위해 노력해 보는 것은 어떨까? 문학, 문화생활, 예술 활동을 통해 향유하는 시간은 삶의 깊이를 더욱 풍성하게 만들어줄 것이다.

　불편함마저도 아름다움으로 전환할 수 있는 삶의 심미안을 가진 사람이 품위 있는 어른이다. 삶은 어차피 불편한 것이 정상이다. 대부분의 불편한 날들과 간혹 찾아오는 편한 날들의 합쳐진 것이 삶이다. 우리는 대부분의 불편한 날들을 그저 불평만 하며 살 것인가? 아니면 그 속에 찾아오는 편한 날들에 감사하며 살 것인가? 선택은 온전히 우리 각자의 몫이다.

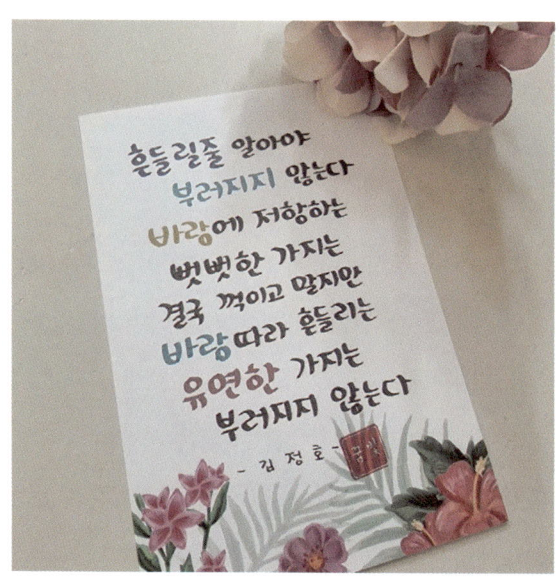

2장　흔들리며 자라난 성장의 시간

내가 나에게 건네는 위로와 안부

교사에게 가장 큰 선물은 방학이다. 방학을 맞이하는 순간, 마음은 비로소 한없이 온화해진다. 사실 이러한 온화함은 '마음의 여백'이 있어야만 비로소 피어나는 꽃과 같다. 교사에게 방학이란 단순히 쉬어가는 시간 이상을 의미한다. 쉬면서도 아무런 죄책감을 느끼지 않아도 되도록 계절이 선물해 주는 귀한 시간이다. 그러니 그 선물을 아낌없이, 또 지혜롭게 잘 활용해야 한다.

어느 순간 멀리 떠나는 화려한 여행보다 내가 마음 편히 지낼 수 있는 일상이 더 소중하게 느껴지기 시작했다. 방학이면 어김없이 친정을 향하곤 한다. 친정집 근처 대청 계곡을 따라 잘 조성된 산책로는 내가 가장 좋아하는 공간이다. 그 새벽길을 걷는 맑은 시간은 나에게 특별한 평화를 선물해 준다. '행복 도시'라는 슬로건에 맞게 산책로 곳곳에는 아름다운 명언들이 새겨진 팻말들이 가지런히 걸려있었다.

"가장 현명한 사람은 빈틈없는 사람이 아니라 쉴 틈을 만드는 사람이다."

'빈틈없이 일을 하는 것은 능력 있는 교사이겠지만, 쉴 틈을 만드는 교사는 현명한 교사가 되겠네. 오늘도 나는 빈틈없이 일할 에너지를 채우기 위해, 이렇게 쉴 틈을 만드는 지혜를 기르고 있구나.'

"하늘 아래 내가 받는 가장 커다란 선물은 오늘입니다."

자연이 선물해 주는 공기와 나무, 풀과 꽃이 어우러진 길을 건강한 나의 다리로 걷는다. 맑은 공기를 마시고 느낄 수 있는 이 순간이 얼마나 감사한가? 우리는 매일 살아가는 동시에, 한편으로 매일 죽어가고 있는 일이기도 하다. 오늘 하루 주어진 시간이 얼마나 소중한지 다시 깨닫는다. 만약 이 새벽에 산책을 나오지 않았다면, 이렇게 귀한 글귀를 만나고 삶의 의미를 깊이 깨달을 수 있었을까? 생각하니 또 한 번 감사함이 밀려온다.

"가장 현명한 사람은 자신만의 방향을 따른다."

'내가 가는 방향은 무엇일까?' 선택해야 할 수많은 방향 앞에서 결국 내가 선택해 온 것에 후회가 없었다. 그리고 앞으로도 후회 없는 선택을

하기 위해 스스로에게 매일 묻는다. 어떻게 살아가는 것이 잘 살아가는 것인가? 매일 묻고 깨닫는 과정을 통해 답은 결국 내가 찾아야 하는 것, 어쩌면 답을 찾지 못해도 여정에 의미가 있는 것.

· "삶을 풀어보니 사람이 되고, 사람을 합쳐보니 삶이 되네."

결국 사람과 함께 살아가는 세상이다. 내 주변에 좋은 사람들을 하나둘 떠올려 본다. 내가 만나는 사람, 내가 읽고 있는 책, 내가 하고 있는 생각과 일들의 합이 내 삶이다. 좋은 사람을 만나고 싶다면 내가 먼저 좋은 사람이 되자고 다짐한다.

걷다가 한 구절 앞에 멈춰 서서 깊이 생각한다. 또 걷다가 다른 구절 앞에서 사유하기를 반복한다. 마치 온몸으로 걷는 독서를 하는 듯한 기분이다. 맑은 계곡물에 발을 담그고, 자연의 소리와 마주하며 잠시 눈을 감는다. 끊임없이 흘러가는 맑은 계곡물처럼 우리 삶도 늘 흘러가지만, 때로는 잠시 멈춰 서서 자신을 돌아보고 마음을 맑게 하는 시간이 필요하다. 이 맑아지는 시간이야말로 내가 나에게 안부를 묻는 진정한 '여백의 시간'이다.

교사는 매일 아이들의 안부를 묻는다. 아픈 데는 없는지, 기분은 어떤

지 아이들의 감정을 세심하게 돌보아야 한다. 교사는 자기 몸과 마음보다 타인을 돌보는 일에 익숙하다. 그리고 교사의 돌봄은 사회적으로 마땅히 해야 할 '일'로만 부각된다. 그렇기에 진정으로 다정한 돌봄을 지속하기 위해서는 교사의 자기 돌봄이 반드시 뒷받침되어야 한다. 그래야만 지치지 않고 또다시 아이들을 향해 걸어갈 수 있으니까.

너만의 꽃이 잘 피고 있는지
너만의 생각이 맑게 겸손히
흘러가고 있는지
너만의 발걸음의 방향을 알고
온 감각을 느끼며 걷고 있는지
내가 나의 안부를 묻는
이른 새벽의 홀로움의 시간.

그 시간이 모여
나를 꽃피우게 하고
맑아지게 하고
다시 걷게 한다.

'여백'마저도 온전히 자신의 것으로 만들 줄 아는 사람. 깊이 사유하고 여백의 아름다움을 즐길 줄 아는 교사만이, 아이들에게도 조급함 없이 다정한 기다림을 선물해 줄 수 있다고 믿는다. 마치 목적지만 찍고 내비게이션 지도만을 보며 달려가는 것이 아니라, 여유를 가지고 풍경을 바라볼 수 있는 사람처럼 말이다. 아이들과 함께 살아 숨 쉬며 호흡하는 순간을 온전히 느끼고, 때로는 소소한 고단함을 나눌 수 있는 것, 함께하는 아름다움을 향유하며 자신의 삶을 순간순간 주체적으로 느끼고 살아갈 수 있도록 돕는 것, 이것이 내가 지향하는 교육의 모습이다.

　교사가 자신의 안부를 물을 수 있는 여백의 시간은 더 이상 사치가 아닌 필수이다. 교사에게 자신을 위한 여백의 시공간이 주어질 때 아이들을 향한 진정한 돌봄의 꽃이 피어날 수 있다고 믿는다. 아이들을 위한 정책이 소중한 만큼, 교사 자신도 마음을 돌보고 에너지를 채울 수 있는 교육 시스템이 반드시 구축되길 간절히 바란다. '금쪽같은 아이들'을 지치지 않고 사랑으로 키워낼 '금쪽같은 선생님'이 존중받는 세상이 되면 좋겠다. 이들의 진정한 헌신으로 대한민국의 미래가 활짝 꽃필 수 있을 테니까.

2장   흔들리며 자라난 성장의 시간

교사 삶의 오아시스

행복은 무엇인가? 우리는 어떻게 살아갈 것인가?

무엇이 진정 가치 있고 의미 있는 일인가?

사실 이 질문들은 늘 나를 따라다녔다. 대학교 1학년 시절, 비인기 과목이었던 철학 교양강의 '정신은 어디에서 오는가?'는 유독 흥미로웠다. 지루한 철학 과목에서, 나는 '사유'를 통해 본질을 파고드는 매력을 발견하였기 때문이다. 그래서인지 '교육철학', '발달심리학'처럼 삶의 근원적인 질문을 던지는, 딱딱해 보이는 과목들을 좋아한다. 학문의 깊이는 헤아리기 어렵기에 완전히 안다는 것은 불가능한 일이다. 끊임없이 공부하고, 사유하고, 삶에 적용하기를 반복해야 하는 평생 필수 과목들이기도 하다. 이처럼 본질에 대한 근원적인 질문은 항상 나의 삶과 밀접하게 연결되어 있었고, 그 중심에는 언제나 '행복이란 무엇인가?'라는 질문이 자리 잡고 있었다.

교사라는 직업이 분명 나의 천직이라고 생각한다. 하지만 아이들을 향한 나의 교육적 신념은 현실적인 문제들과 자주 부딪히곤 한다. 교육의 본질은 과정 중심의 의미가 훨씬 중요하지만, 현장에는 또 다른 이면이 존재한다. 결과 중심의 평가, 저출산으로 인한 치열한 경쟁, 학부모에게 '보여주기식' 서비스로 변질되는 교육 분위기. 이 모든 상황이 현장 교사들의 교육적 신념마저 흔들리게 하는 것도 작금의 현실이다. 미래 교육을 위한 다양한 서비스, 학부모 맞춤형 접근 이전에 가장 중요한 것은 '교사'임을 왜 이토록 간과하는 것일까?

교사의 정서적 행복감은 교육 현장에 직접적인 영향을 미치는 중요한 변인이다. 모든 교육은 교사를 매개로 비로소 아름다운 꽃이 필 수 있다. 하지만 교사들의 업무 소진으로 회복 탄력성, 교사 효능감, 교수 효능감이 점차 저하되고 있는 것 또한 부정할 수 없는 현실이다. 교사가 교사로서 자신의 교육적 신념을 지키기에는 너무나 많은 에너지가 소진되고 있다. '유아 중심', '교육의 트랜드'를 좇는 와중에 정작 중요한 교사의 변인은 왜 이렇게 간과하는지 안타까울 따름이다.

'교사의 행복은 진정 스스로 찾아가야 하는 것인가?'라는 깊은 고민에 빠져있던 그때, 우연히 '서울대 행복연구소'의 최인철 교수님의 강의를 접하게 되었다. 마치 뜨거운 사막 한가운데서 시원한 오아시스를 만난 것 같았다. 이러한 어려운 현실 속에서도 아이들의 행복을 찾고, 나아가 교사의 행복 에너지를 충전하기 위한 의미 있는 움직임이 있다니 얼마나 희망적인가? 결국 교육의 진정한 목적은 교사와 학생이 함께 행복한 세상을 만들어 가는 것이다. 행복은 주관적인 감정만을 뜻하는 것이 아니다. 노력하면 증진될 수 있는 것이다. 서울대 행복연구소에서 제시한 행복의 원리를 보고 일상에 곧바로 적용하기 시작하였다. '관점 바꾸기, 음미하기, 감사하기, 행복 재정의 내리기, 비교하지 않기, 관계 돈독히 하기, 목표 세우기, 나누고 베풀기, 용서하기'가 행복의 원리였다.

이러한 실천 방향으로 교육 현장에 적용된 것은 '내 것과 우리 것 아나 바다 활동', '멍때리기 시간 만들기', '칭찬 자랑 게시판', '산책길 추천하기', '같은 장소 다른 음미 나누기', '제3의 공간 추천하기' 등이 있었다. 이러한 활동은 비단 아이들뿐 아니라, 우리 교사들에게도 꼭 필요한 행복 증진 요소라는 생각이 들었다.

행복은 if(만약~라면)가 아니다. 행복은 Now(지금)이다.

교사의 삶에는 '교사로서의 나'만 존재하는 것이 아니다. 엄마, 아내, 며느리, 딸, 학생, 삶의 순례자, 끝없는 배움을 좇는 사람 등 다양한 모습으로 존재한다. 이렇게 다채로운 역할을 해나가며 본연의 '나'를 잃지 않는 것이 가장 현명한 삶의 태도라고 생각한다. 그렇게 나는 행복의 요소를 다면적인 삶에 적극적으로 적용하기 시작했다.

첫 번째 실천 : 행복 재정의하기

행복을 재정의하는 것부터, 진정한 나만의 행복을 찾아가는 여정이 시작된다. 행복은 특정한 목적지에 이르는 것이 아니다. 삶의 모든 순간을 아우르는 여정이다. 한 번에 강렬한 행복을 좇기보다는, 소소하더라도 행복을 느끼는 '빈도'를 늘이는 것이 중요하다는 것을 깨달았다. 이제는 행복을 삶의 궁극적인 목적으로 삼지 않는다. 대신 틈틈이 행복해지는 연습을 통해 '행복 근력'을 키울 뿐이다. 나의 삶이 한 권의 책이라면 매일 일어나는 나의 일들은 책의 목차이다. 10대, 20대, 30대, 40대의 시간을 돌아보면 나의 목차가 쌓여가는 것이다. 이제는 인생 후반의 50대 챕터까지 이어지며 내 삶의 이야기가 풍성해지는 것이다. 나는 오늘도 스스로에게 질문한다.

'나의 하루를 책의 한 꼭지로 표현한다면 어떤 제목을 붙일 것인가?'

두 번째 실천 : 행복 음미하기

음미한다는 것은 그 순간에 온 감각을 집중하여 느끼는 행위이다. 그 순간에 온전히 존재하는 것처럼, 나와 타자 사이의 깊은 연결감을 느끼

는 것이다. 요즘 맛집을 찾아가는 프로그램들이 많다. 화면 속에서 맛있
는 음식을 먹는 이들의 표정과 소리, 풍부한 표현을 보면, 마치 우리가
음식을 맛보고 있는 듯한 착각에 빠지곤 한다. 그들이 맛있게 먹는 모습
은 우리의 오감을 자극하며, 심리학의 무조건반사처럼 자신도 모르게
침이 고이게 만든다. 비단 음식뿐만이 아니다.

행복에는 다양한 감각이 필요하다. 아름다운 예술 작품을 보았을 때
느껴지는 시각적 감각, 좋은 음악을 들었을 때 마음속 한편에 울림을 주
는 청각적 감각, 향긋한 향기를 맡았을 때의 후각적 감각, 직접 손끝으
로 체험하며 느껴지는 촉각적 감각. 이 모든 감각을 '의식하며 온전히 느
끼는 것'이다. 오감각을 통해 느껴지는 것을 언어나 글로 표현하고 순간
'새로운 행복의 감각'이 된다. 오감을 넘어선 여섯 번째 감각, 행복의 감
각이 필요하다. 나의 행복 감각을 깨우는 것, 그것이야말로 진정한 행복
을 증진하는 방법이다.

오늘의 나는 20대의 꿈이었고, 훗날 80대의 그리움이 될지도 모른다.
그러니 지금, 이 순간을 만끽하는 것이야말로 가장 중요한 것이다. 내가
가진 모든 것. 내 가족과 건강, 내가 사랑하는 일과 따뜻한 집, 소중한
사람들, 그리고 나의 경력, 학력, 오랜 시간 쌓아온 나의 내공까지. 이
모든 것은 나의 정성과 노력으로 오롯이 지은 올린 나의 것이며, 내 삶

의 가장 귀한 보물이니까.

세 번째 실천 : 감사 일기 쓰기

'당연한 것을 당연하게 받아들이지 않는 것', 그것이 바로 감사의 시작이다. 감사의 긍정적인 효과는 이미 수많은 연구와 서적에서도 증명되었다. 우리 일상 속 잊히기 쉬운 감사들을 '불멸화(不滅化)'하기 가장 좋은 방법은 기록하는 것이다. 그래서 매일 잠자리에 들기 전 하루에 있었던 세 가지를 짧게 기록한다. 글을 쓰는 순간은 그 순간의 감각과 감정이 생생하게 살아있기 때문에 시간이 한참 지난 뒤 다시 읽어보면 또 새롭게 느껴지기도 한다. 감사의 감각은 기록을 통해 더욱 확장되고, 결국 삶의 행복감을 증진시키는 가장 중요한 요소로 작용한다는 것을 깨닫는다.

네 번째 실천 : 비교하지 않기

사회정서 발달에서 첫 번째 단계는 '자기 인식' 단계이다. 자신을 정확히 인식해야 비로소 타인을 이해하고, 자신의 감정을 조절하고 표현할 수 있게 된다. 만약 자신에 대한 정의를 내리지 못한다면, 자기 삶의 기준이 아닌 외부의 시선과 타인의 기준에 끊임없이 휘둘릴 수밖에 없다. 진정한 나아감이란 남과의 비교가 아닌 어제의 나와 오늘의 나를 비교하는 것이다. 밖으로 울창해지는 사람이 되기 위해서는 자기 인식을 강화하는 것이 중요하다.

다섯 번째 실천 : 관계 돈독히 하기

솔직히 이 부분이 가장 어렵다고 생각한다. 사람마다 삶의 기준, 성격, 처한 상황 등 모든 것이 다르다. 이러한 '다름'을 인정하지 않고 자신의 견해만을 고집하며 상대를 밀어붙이는 것은 일종의 무언의 폭력이다. 관계를 진정으로 돈독히 한다는 것은 상대의 다름을 인정하되, 나와 같아지기를 바라지 않는 것이다. 타인에게 집착하는 순간 불행이 시작되니까. 모든 사람과 상황이 나의 뜻대로 움직여지지 않는다는 것을 인정하는 순간, 비로소 마음의 평안을 얻게 된다. 미움받을 용기는 가지되, 타인을 미워하지 않는 지혜를 품는 것, 이것이야말로 나 자신을 잃지 않는 최선의 방법이 아닐까? 훌륭한 사색가는 누구와도 다투지 않는 법이니까.

여섯 번째 실천 : 관점 바꾸기

'내게 그런 핑계를 대지 마. 입장 바꿔 생각을 해 봐.' 유명한 노래 가사처럼 자신에게는 그럴 수밖에 없는 타당한 이유가 타인에게는 그저 핑계가 될 수도 있다. 그러니 어떠한 상황이든, 상대의 입장을 한 번 더 생각해 보는 것. 무엇이든 성급하게 판단하지 않고, 천천히 헤아려 보는 것이 중요하다. 삶의 대부분 중요한 가치는 당장 빛을 발하지 않고, 시간이 지나고 나서야 비로소 깨닫게 되는 것들이 많다. 핑계 대기보다 묵묵히 침묵하고, 다투기보다 조용히 자신의 돌아보는 '신독(愼獨)의 시간'

을 가지며 품으려는 사람. 그런 사람이야말로 진정 자신의 삶을 이끄는
리더일 것이다.

일곱 번째 실천 : 목표 세우기

'붉은 여왕의 가설'에 따르면 한 종이 발전하기 위해서는 다른 종 역시
함께 발전해야 한다고 한다. 그러므로 아무런 개선이나 노력 없이 가만
히 제자리에 머물러 있으면 결국 멸종에 이른다는 것이다.

"나는 분명히 달리는데 왜 계속 제자리인 거죠?"

우리에게 익숙한 물음이다. '꽃필 때 공부해야 경쟁력이 생긴다.'는 석
사과정 교수님의 말씀은 내게 큰 울림을 주었다. '남들이 모두 꽃놀이하
러 가는데 나는 과연 무엇을 하고 있는가?'에 대한 의문이 깔끔하게 정
리되는 순간이었다. 남들이 하지 않는 것, 남들이 놀 때, 세상에 아직 알
려지지 않는 미지의 것을 탐구하는 여정 자체가 '꽃피는 삶의 여정'임을
깨달을 때마다 삶에 대한 자존감도 깊어진다. 자신에게 한 점 부끄럼 없
는 기백을 가진 사람이 되기 위해, 오늘도 좋은 것들로 삶을 채우기 위
해 노력할 뿐이다.

어떠한 비난도 먹히지 않는 사람이 되고 나면
당신을 비난하는 사람들은 당신에게 허리를 굽히게 되어 있다.

나는 『내 인생 5년 후』에서 본 이 글귀처럼, 타인의 비난에 흔들리지 않는 단단한 사람이 되고 싶다.

여덟 번째 실천 : 나누고 베풀기

'나는 작은 일을 큰 사랑으로 할 뿐입니다.'

마더 테레사의 이 명언은 나의 교육 신념의 깊은 뿌리이다. 보이지 않는 아이들의 미래 씨앗을 키우는 교사라는 직업은 단순히 가르침을 넘어선 '봉사', '소명'의 깊은 의미가 포함되어 있다. 만약 성공이나 돈을 버는 목적이었다면 나는 이 직업을 선택하지 않았을 것이다. 그렇기에 매월 내 월급의 일부를 기꺼이 베푸는 데 사용하고 있다. 가치 있게 돈을 벌어서 가치 있게 쓰는 것, 이것이야말로 내 삶의 '월간 행복 구독료'라고 생각한다. 그 어떤 대가를 바라지 않고 선의의 마음으로 베푸는 행위는, 내 삶의 가장 선하고 아름다운 결실의 흔적이라고 믿기 때문이다.

아홉 번째 실천 : 제3의 공간 만들기

독일어에 '치타 델라'라는 말이 있다. 이는 '독립된 작은 보루'라는 뜻으로 나만 아는 작은 비밀공간을 의미한다. 이처럼 고립된 공간에서 온전히 본연의 나를 만나는 것은 정약용의 '신독(愼獨)'을 실천하는 방법과도 같다. 학교, 교실, 집 등 온통 해야 할 일이 많다. 타자와 연결된 지친 일상에서 벗어나 오롯이 자신을 만나는 시간이 절실하게 필요하다. 나에게는 산책과 여행, 새벽의 고요함과 마주하기, 침묵 속 사색과 글쓰기가 에너지 원천이다. 가장 중요한 것은 '사람이 없는 곳'을 선택하는 것이다. 북적이는 인기 카페나 축제가 열리는 관광지, 일명 '핫 플레이스'는 절대 제외이다.

넓은 창문으로 자연을 온전히 담을 수 있는 풍경, 고요함 속에서 자연의 소리를 느낄 수 있는 장소를 찾곤 한다. 요즘 찾은 새로운 아지트는 나의 차 안이다. 사람이 없는 조용한 공원에 주차하고, 의자를 뒤로 젖혀 책을 본다. 노트북을 꺼내어서 글도 쓴다. 이토록 누구에게도 방해받지 않는 독립된 '차 한 평 공간'이 새롭게 떠오르는 나만의 아지트이다. 내가 꿈꾸는 완벽한 아지트를 상상하며, 이렇게 '지금 즐길 수 있는 나만의 비밀 아지트'를 부지런히 찾으며 채워갈 생각이다. 문득, 당신만의 '제3의 공간, 당신만의 아지트'는 어디인지 궁금해진다.

　이렇게 행복을 정의하는 요소들을 구체적으로 나누어 실천 방안을 찾아보니, 일상에서 행복을 증진시킬 길들이 보이기 시작한다. 우리의 삶은 유한하다. 그러니 행복을 미루어서는 안 된다. 내 삶의 행복은 타인에게서 오는 것이 아니라, 온전히 나로부터 시작된다. 행복은 강도가 아닌 빈도이니, 제철 과일처럼 찾아오는 제철 행복을 틈틈이 찾아 나서는 것은 어떨까?

화기애애, 아이들과 꽃피는 날들

교사로 자라나는 힘의 꽃말

- **1. 흔들림 :** 교사라는 존재가 자라나는 자연스러운 과정. "흔들리지 않는 사람보다 다시 서는 사람이 되고 싶었다."

- **2. 배움 :** 내 삶의 진중한 무게중심을 지키는 일. "깨우치고, 나아가고, 결국 해내는 힘은 나에 대한 믿음이었다."

- **3. 다자적 관점 :** 대상을 절실히 이해하는 노력. "관찰하고, 이해하고, 소통하고, 평가하고, 사랑하는 무한 반복의 선순환이 아이의 삶을 바꾼다."

- **4. 사표 :** 끊어버림의 의미가 아닌 내가 할 수 있는 일을 후회 없이 다하는 것. "앞으로 펼쳐질 가능성에서 가장 선한 길을 가리키는 방향을 따르고 있는가?"

- **5. 좋은 언어 :** 가볍지 않되 따뜻하게, 무겁지 않되 진정성을 담은 말. "좋은 언어는 서로의 삶에 새겨져 위대한 선순환을 이끈다."

- **6. 성찰:** 타인에 대한 시선이 아닌 나에 대한 시선으로 바라보는 것. "현재의 일상을 정성으로 조용히 잘 채우는 일이다."

- **7. 시간의 연금술 :** 삶을 확장하는 마법 같은 존재. "나 자신을 믿고 사랑하며 어떻게 시간을 가꾸어 가느냐에 따라 삶은 달라진다."

- **8. 삶의 심미안 :** 불편함을 아름다움으로 전환하는 지혜. "문화 자본을 쌓으며, 자신만의 아름다운 아우라를 만들어 가는 것이 아름다운 지혜의 실천이다."

- **9. 온화함 :** 시간의 여백에서 피어나는 마음 꽃. "깊이 사유하는 여백의 시간을 즐길 줄 아는 사람은 조급함 없는 다정한 기다림을 선물할 줄 수 있는 사람이다."

- **10. 신독 :** 묵묵히 침묵하며 자신을 돌아보는 일. "성급하게 판단하지 않고 시간의 흐름에 따라 유연하게 마음을 닦는 일이다."

애 愛
교사의 이름으로 피워낸
사랑의 기억

교사라는 이름으로 피워낸 의미 있는 순간은
서로의 삶을 밝히는 소중한 기억이었다.

인사하는 베짱이 선생님의 하루

유치원 현관 옆, 교무실이 나의 공간이다. 나의 하루 일과는 인사로 시작해서 인사로 끝난다. 현관에서 아이들을 맞이하고 안전하게 하원시키는 것이 첫 번째 임무이기 때문이다. 나의 임무를 수행하기 위해 인기척이 들리면 하던 일을 멈추고 반사적으로 아이를 맞이한다. 유치원을 '과거의 마을'에 빗대어 보면, 나의 모습은 아이들을 지켜주는 '장승' 같기도 하다. 또한 나를 통과하지 않고는 아무도 지나가지 못하는 '사랑의 톨게이트' 같기도 하다.

"안녕! ○○이 왔어? 선생님과 함께 인사해 볼까? 즐거운 어린이가 되겠습니다!"

"오늘은 기분이 어때? 오늘은 좀 피곤한가 보네. 그럼, 교무실에서 잠시 쉬었다 갈까?"

"오늘은 선생님이 앨리스로 변신했어. 이상한 나라로 들어오세요!"

“오늘은 친구랑 싸우지 말고 내 마음에 꽃을 심어보자. 너의 마음에 꽃이 있어야 꽃이 예뻐 보인단다. 그러니 화가 날 때는 꽃향기를 상상해 봐.”

“잘 왔어! 어제 아팠는데 괜찮니? 아팠던 만큼 더 잘 자랄 거야.”

현관에서는 계절에 따른 안부를 묻고, 아이들을 기분을 살피는 인사를 건넨다. 특별한 행사가 있는 날엔 행사의 주인공으로 변신하여 특별한 인사를 나누기도 한다. 신발 정리 도와주기, 우는 아이 달래주기, 부모님과 담소 나누기, 병원 다녀온 아이 약 전달하기, 비 오는 날 우산 정리하기 등 현관에서 해야 할 임무가 많다. 차량으로 오는 아이들, 개별 등·하원을 하는 아이들이 들어올 때마다 챙겨야 한다. 때로는 문 여는 소리가 환청처럼 들리기도 하여 무조건반사로 일어날 때도 많다. 어느 날 한 학부모님께서 말씀하셨다.

“그런데 원감 선생님은 하루에 인사를 몇 번이나 하는 거예요? 인사하다 하루 다 지나가겠어요.”

“아, 그러네요. 같이 매일 반갑게 인사를 하니 좋죠. 인사하는 베짱이 같기도 하네요.”

그렇게 말하고 나니 정말 내가 동화 속 ‘노래하는 베짱이’ 같다는 생각이 들었다. 과거 동화의 베짱이는 겨울을 준비하지 않고 노래만 하는 이미지였다. 하지만 시대가 변하면서 요즘의 베짱이는 자기가 좋아하는 분야에 꾸준히 몰두하며 다른 사람에게 즐거움을 선사하는 K-POP 스타 같은 의미로도 해석될 수도 있다. K-POP 스타가 뜨거운 열정으로 대중에게 행복을 선물하듯이, 나 또한 아이들과 함께 노래하고 교감한다. 그들의 하루에 즐거움을 더해주는 '행복한 베짱이'가 아닐까 싶었다.

'인사'는 상대방에 대한 기분 좋은 예의를 표현하는 것이다. 더 나아가 누군가를 향한 따뜻한 관심과 깊은 존중의 표현이기도 하다. 하지만 어른의 인사는 그저 형식적인 것에 불과한 '무미건조한 통과 의례'가 경우가 대부분이다.

한번은 주말에 미용실에 갔다. 미용실 오픈 시간을 확인하고 이른 아침 기분 좋게 문을 열고 들어갔다. 직원들은 나에게 인사 한마디 없이 각자 분주하게 자기 할 일을 하였다. 무표정한 모습으로 나를 빤히 쳐다보기만 했다. 손님인 내가 착오라도 한 것일까? 미안한 마음으로 물었다.

"오늘 영업 안 하는가요?"
"아니요, 합니다."

단답형으로 무표정하게 내뱉는 직원의 첫 말은 나의 기분을 언짢게 했다.

“여기는 손님이 오면 전혀 반갑지 않나 보는군요. 다시는 안 와야겠어요.”

그 경험은 사람을 맞이하는 태도가 얼마나 중요한지를 다시 한번 깨닫게 해주었다. 나의 이미지는 곧 원의 이미지이자 영유아 교사의 이미지이다. 그러니 나는 영유아 교육의 큰 무대의 공인과 다름없다. 옷차림, 말투, 눈빛, 목소리, 언어 어느 하나 신경 쓰지 않을 수가 없다. 그렇기에 매일 인사를 통해 나 자신을 가꾸다 보면, 어느새 그것이 좋은 습관으로 자리 잡는 걸 보게 된다. 반복되는 일상이지만, 매일 아침 새로운 하루를 의미 있게 시작하는 일이 얼마나 좋은 태도인지 새삼 느끼게 된다.

사람을 맞이한다는 것은 그 사람에 대한 존중과 따뜻한 마음이 동반되어야 하는 일이다. 유치원에서의 가장 귀한 고객은 ‘어린이’이다. 그러니 어린이를 반갑게 맞이하는 것은 교사의 ‘기본 중에서 기본’이다. 그 ‘예(禮)’를 먼저 보여주어야 하는 것이 교사의 가장 중요한 역할이 아닐까? 인사하고 노래하는 베짱이처럼, 아이들을 기쁜 마음으로 내 삶에 받아들이면, 아이들 또한 세상을 기쁜 마음으로 받아들이며 살아갈 수 있을 거라고 믿는다.

우리, 낮은 자세로 눈을 마주치며 아이의 이름을 불러주며 인사해 보

자. 매일 아침, 하루의 시작에 아이들에게 가장 따뜻한 첫 선물을 건네는 특별한 일을 하고 있다는 것을 잊지 말자. '안녕'이라는 말 속에 깊이 담긴 삶의 소중한 의미를 늘 기억하면서 말이다.

안녕은 마음으로 주고 마음으로 받는 말이야. 그래서 마르지 않아.
안녕은 등 뒤에서 안아주는 말이야.
안녕은 어제를 묻고 오늘 환해지는 일이지.

-『우리는 안녕』, 박준 -

3장 교사의 이름으로 피워낸 사랑의 기억

수고로움 없는 성장은 없다

따뜻한 햇살이 느껴지는 4월, 영유아 교육 현장은 씨앗 심기로 봄을 시작한다. 3월의 꽃샘추위 속 적응으로 분주했던 시간을 보내고, 드디어 '꿈의 씨앗'을 심는 과정이 시작되는 것이다. 유치원에서 아이들과 직접 모종을 심었다. 텃밭 작물이 자라는 과정의 의미를 되새겨보고자 '텃밭의 만찬'이라는 프로젝트를 기획하였기 때문이다. 밀짚모자를 쓰고 텃밭으로 향하는 아이들의 표정은 벌써 수확의 기쁨을 한껏 담고 있는 듯 들떠있다. 하지만 식용 팬지꽃, 고추, 상추, 방울토마토, 가지, 오이의 모종을 심는 과정은 사실 자세히 들여다보면 그야말로 전쟁이 따로 없다.

"모종은 동그랗게 파 놓은 구멍에 쏙~ 하고 넣는 거야. 그리고 흙으로 토닥토닥 해주자."

"삽으로 한 번, 두 번, 이렇게 구멍을 파보는 거야."

"선생님 ○○가 제 얼굴에 흙을 다 튀겼어요."

"제가 먼저인데, 옆 친구가 새치기해요."

　교사의 설명에 아이들은 모든 것을 다 아는 듯 열심히 듣긴 듣는다. 하지만 마음만큼 몸이 따라주지 않을 때가 대부분이다. 삽으로 흙을 퍼 올리면 옆 친구의 얼굴로 튀기도 한다. 구멍에 모종을 쏙 넣고 싶은 마음은 굴뚝같지만, 생각처럼 몸이 움직이지 않는다. 결국 아이들이 떠나고 난 밭은 사실 '쑥대밭'과 다름없다. 자세히 들여다보면, 모종을 심는 과정은 '분주함과 갈등이 범벅된 시간'이기도 하다. 그런데도 아이들은 마치 자신들이 아주 큰 몫을 한 것처럼 '으쓱한 마음'을 텃밭에 심어 둔 채 신나게 떠난다. 두 번 일할 수밖에 없는, 이른바 '사서 하는 고생'이 시작되는 것이다. 그렇게 반복되는 뒷수습을 하면서 고요히 텃밭을 정리하다 보면 문득 생각에 잠긴다.

'아이들이 떠나고 난 텃밭에는 무엇이 남았을까?'

　모종을 심을 때 가졌던 설레는 기대와 부푼 희망, 나의 작은 손길이 만들어 낼 변화에 대한 즐거운 상상, 친구들과 자연 속에서 봄 햇살을 느끼며 얻었던 살아있는 생동감. 그리고 꽃이 피고 열매를 맺을 거라는 당연한 기대감까지. 보이지 않지만 너무나 귀한 아이들의 흔적을 찾아내고 나면, 내 마음속에서도 작은 깨달음이 피어난다. 가만히 들여다보면, 모종을 심는 과정처럼 아이들의 성장도 이와 비슷하다는 걸 말이다.

　3월의 신학기 아이들의 모습을 보면 가히 가관이라고 표현할 수 있을 정도이다. 화장실이 낯설어서 가지 못하는 아이, 우유에 빨대를 꽂는 것조차 힘들어하는 아이, 가방에서 자신의 물건을 꺼내는 데 반나절이 걸리는 아이. 쉬 마렵다는 말을 전하기 어려워 몇 번이고 바닥에 실수하는 아이. 밥을 먹는 것인지, 밥을 가지고 노는 것인지 구분하기가 힘든 아이. 사실 이런 모습이 영유아 교육 현장에 입학하는 모든 아이들의 진짜 일상이다. 그리고 그 조용한 뒷수습은 언제나 교사의 몫이다.

　이 모든 일을 '사서 하는 고생'이라고 생각한다면, 결코 해낼 수 없다. 아이들의 밥풀 한 톨 한 톨을 휴지에 정성스럽게 담아 정리하는 일. 작은 구멍을 찾아 빨대를 꽂고 우유를 다 마실 때까지 묵묵히 아이를 기다려 주는 일, 등원해서 하원까지 스스로 해야 할 일들을 반복해서 이야기해 주는 일. 소변 실수나 대변 실수해도 '그럴 수도 있지.' 하고 아이의 마음을 보듬으며 묵묵히 옷을 갈아입혀 주는 일. 사실 이 모든 '조용한 뒷수습'은 텃밭의 모종이 언젠가 탐스러운 열매를 맺을 것이라는 상상하며 기다리는 일과 똑같은 것이 아닐까?

　이렇게 반복되는 평범한 일상에서도 열매를 맺는 시간을 상상하며 묵묵히 뒷수습하는 선생님이 있기에, 아이들은 결국 저마다의 예쁜 꽃을 피우게 되는 것이다. 어느덧 두 계절이 지나고 가을이 되면 어김없이 이런 대화가 오고 간다.

"우리 ○○가 언제 이렇게 자랐지?"

학급의 질서가 잡히고, 아이들의 다양한 표현 방식이 늘어나며 행복한 소통이 이루어진다. 그리고 어느덧 '나'와 '너'로 따로 분리되어 있던 일상도 '우리 반', '우리 친구', '우리 선생님', '우리 유치원'처럼 '우리'라는 말로 하나가 된다.

아이들의 입에서 나오는 가장 따뜻한 말 '우리'.

텃밭을 가꾸는 일은 누군가의 '수고로움' 없이는 절대 이루어질 수 없다. 우리가 너무나 당연하게 생각했던 햇살 한 줌, 시원한 바람, 목마름을 해결해 주는 단비, 그리고 정성스러운 손길이 모여 텃밭의 작물을 키워내는 것이다. 그 작물은 힘든 수확과 운반의 과정을 거쳐 뜨거운 열기와 정성의 손길로 비로소 우리의 식탁에 놓인다. 작물 하나가 우리의 몸에 영양분이 되어 채워지기까지 얼마나 수많은 과정과 노력이 있는가?

아이들이 자라는 것도 이와 같다. 우리는 교실에서 매일 보람이라는 열매를 기대하며 땅을 일구고, 씨앗을 돌본다. 적당한 물과 온도, 바람과 사랑이라는 보이지 않는 힘을 기대하며 아이들을 키워나간다. 햇살이 어느새 따사롭게 스며들어 성장을 돕는 것처럼, 아이들을 키우는 삶도 이와 같다.

나는 햇살이라는 단어를 정말 좋아한다. '햇살'이라는 단어는 '스며들다'라는 동사와 잘 어울린다. 그래서 나는 '햇살 같은 사람'이 되고 싶다. 아이들의 마음에 햇살처럼 따뜻하게 스며드는 교사, 영유아 교육에 꼭 필요한 빛을 전해주는 햇살 같은 존재 말이다. 햇살이 아이들의 순수한 마음과 맞닿아 아름다운 성장을 돕는 것이야말로, 삶의 가장 보람찬 열매라는 것을, 나는 매일 아이들을 통해 배우고 있다.

행사가 주는 행복 도파민

영유아 교사가 제일 두려워하는 시간은 행사 시즌이다. 물론 나도 마찬가지이다. 행사는 배움의 흔적이 외부로 드러나는 것이다. 부모님을 초대하는 자리이기에 교육 과정, 환경, 이벤트 등 많은 요소를 심도 있게 생각할 수밖에 없다. 24년 차 교직 생활 동안 매년 두세 번 행사를 치렀다고 가정하면, 지금까지 대략 쉰 번은 족히 넘게 경험한 셈이다. 이 정도면 행사의 달인이 될 법도 한데 원감의 자리에서 마주하는 행사는 늘 부담스럽기만 하다. 매해 같은 행사를 치를 수 있다면 얼마나 좋을까 싶다. 하지만 단 한 번도 같은 행사를 해본 적이 없다. 어쩌면 그것이 영유아 교육 현장의 매력이자 동시에 큰 부담감이기도 하다.

고흐의 희망 페스티벌, 르누아르의 행복 전시관, 텃밭의 만찬, 감성 소풍 미술 행사, 블록 놀이 행사, 가족 운동회, 재롱 발표회, 창의 감성 페스티벌, 로봇 페스티벌, 공룡 페스티벌, 나비 페스티벌, 배려와 나눔 페스티벌, 아빠와 함께하는 1박 2일 캠핑, 영어 페스티벌 등등.

수많은 행사를 치러오면서 내가 행사를 대하는 철칙은 한결같다. 선생님들과 행사 준비에 들어가기 전에, 이 행사를 하는 이유에 대한 '철학적 메시지'를 먼저 정하는 것이다. 예를 들어, 고흐의 희망 페스티벌을 할 때는 한 달 전부터 고흐와 관련된 책 읽기, 고흐의 일대기 영화감상, 고흐 명화의 의미 파악하기, 고흐가 남긴 명언 모으기 등을 통해 나 자신이 먼저 고흐를 온전히 이해하는 것이 우선이다. 그리고 본격적인 행사 계획을 구성해서 업무 분담을 한 뒤 교사들과 한 달 정도 행사를 준비한다. 행사 후, 이 행사의 성공 여부는 '나에게 울림이 있는 순간이 있었는가?'와 '부모님께 감동의 순간이 있었는가?'라는 질문에 대한 답에 달려 있다고 생각한다.

고흐의 희망 편지 방에서 아이들이 쓴 편지를 읽으며 눈물 흘리는 아빠, 엄마의 모습. 부모님을 보며 노래 부르는 아이들의 모습에서 느껴지는 가슴 벅찬 순간들, 행사를 끝내고 돌아가는 길에서 가족들의 함박웃음. 그리고 행사가 끝나고 난 다음에도 추억의 여운으로 행복한 이야기 나누는 아이들의 모습. 고흐의 희망 페스티벌 행사를 치르면서 나 또한 고흐의 삶을 통해 나의 삶을 바라보는 계기도 되었다.

"오랫동안 꿈을 그리는 사람은 마침내 그 꿈을 닮아간다."

고흐의 명언처럼 매일 꿈을 향해 나아가는 과정이 훗날 내 인생의 큰 그림이 되겠지. 나는 매일 '꿈'이라는 그림을 아이들과 함께 그려가는 것이다. 아이들이 꿈을 꾸게 하면서, 나도 꿈을 잃지 않는 사람이 되어야겠다고 다시 한번 다짐하기도 한다.

"나를 잘 그리면 다른 사람도 잘 그릴 수 있겠지."

고흐가 자화상을 그리면서 자신에 대해 끊임없는 성찰을 하며 남긴 말이다. 고흐는 안타깝게 생을 마감했다, 그렇기에 아름다운 삶의 마무리를 위해서 먼저 나를 잘 돌아보는 것이 중요하다고 생각한다. 내가 나를 잘 들여다보아야 마음의 여백이 생겨 타인을 도울 수 있으니, 나의 존재를 내가 가장 중요하게 생각해야겠다.

"진정한 화가는 캔버스를 두려워하지 않는다."

두려움을 가진다고 해서 이루어지는 것은 아무것도 없다. 일단 시작해 보는 것이다. 타인의 삶을 모방하며 살 것이 아니라면, 하얀 캔버스에 펼쳐질 이야기는 내가 채우는 것이니까! 두려움을 버리자.

잦은 야근으로 별을 보며 퇴근하는 경우가 대부분인 나의 일상. 깜깜한 밤, 별을 보며 퇴근하는 삶의 의미를 생각한다. 윤동주의 「서시」도 떠올리고, 고흐가 그린 별을 다시금 생각해 본다. 이 별은 고단함의 별이 아닌 '희망의 별'이라는 것을. 내가 가진 이 모든 진심과 열정은 결코 사라지지 않고 내 삶에 새겨지리라는 것을 믿는다.

행사는 끝났지만, 이처럼 고흐의 명언은 나의 삶에 새겨져 있다. 또한 행사를 통해 가족들에게는 잊을 수 없는 추억이 되었으니, 행사는 에너지를 소진한 시간이 아니라 함께 성장하는 시간이기도 한 것이다. 힘들게 준비하고 지친 기억만 남는다면, 내 삶은 그저 힘든 삶의 합이 될 뿐이다. 그러니 행사에도 관점을 달리하면 나를 더욱 성장시키는 일이기도 하다는 것을 깨닫는다. 행사 주체자인 교사는 '누군가의 꿈을 이끌어 가는 주인공'이 되는 것이니, 얼마나 멋진 일인가?

매번 하는 운동회를 생각해 보자. 운동회는 교사 관점에서 가장 덜 부담스러운 행사이기도 하다. 물론 운동회 하는 과정도 쉬운 것은 아니지만, 운동회 당일에 '강철 체력'만 갖추면 만족도 높은 행사를 치를 수 있기 때문이다. 24년의 시간 속에서 운동회도 매년 하다 보니 행사를 해석하는 의미도 달라진다. 운동회는 일단 몸을 움직이는 일이다. 평소 하지 않던 달리기를 하면서 뭉쳤던 근육도 풀어주고, 아이들과 율동 준비를 하면서 '하나 됨을 느끼는 감동'을 경험하기도 한다. 부모님 또한 마찬가지이다. 육아와 일에 지친 부모님들이 아이들과 온 근육을 사용하면서 열정적인 시간을 보내기는 쉽지가 않지만, 함께이기에 가능한 일이다. 어쩌면 부모님과 교사의 근육통은 아이들의 추억을 위한 '행복의 성장통'인 것이다.

달리기하면서 넘어지는 아이들은 다시 일어서는 법을 배운다. 우리 가족과 우리 반을 넘어, 우리 팀과 우리 원으로써 협력하는 힘을 기르는 것이다. 유치원 교육에서 배우는 질서, 배려, 절약, 협력, 공감, 기쁨, 성실, 도전 등의 가치를 온몸으로 움직여 익히는 일이다. 그러니 운동회는 최선을 다하는 과정의 아름다움과 함께하는 기쁨, 성취감으로 몸과 마음의 근력을 키우는 일인 셈이다.

그러니 행사는 단순히 보여주기 위함이 아니다. 다시 돌아오지 못할 가장 아름다운 순간을 아이들과 가족들에게 특별하게 선물하는 일이다. 그리고 행사로부터 나는 또다시 배우게 된다. 행사에 진정성 있는 진심을 쏟아부었을 때, 되돌아오는 감동과 벅참이 사실 '행복 도파민'의 하나라는 것을 말이다. 앞으로 또 어떤 행사가 우리를 기다리고 있을까? 두려움 대신 설렘으로 함께 행사를 준비하는 교사가 많았으면 좋겠다. 그건 바로 아이들을 위한 일이기도 하지만, 결국 자신을 성장시키는 일이기도 하다는 것을 잊지 말자. 숙제하는 마음을 품을 것인가? 축제를 준비할 마음을 품을 것인가? 선택은 온전히 본인의 몫이다.

화기애애, 아이들과 꽃피는 날들

사람이 온다는 것

원아 모집 기간의 가을은 원감에게 있어 마음의 짐이 가장 큰 시즌이다. 한 해의 결실을 평가받는 동시에, 내년의 희망이 연결되는 시기이기 때문이다. 그래서인지 무거운 중압감으로 밤잠을 설치기도 한다. 당해 연도 교육 과정 평가, 팜플렛과 전단지 제작, 교육 프로그램 영상 제작, 교육 설명회 프레젠테이션 제작, 재원 신청서 및 각종 안내문 등 기획과 홍보, 실전 상담까지 이어지는 두 달간의 여정은, 그야말로 '몸과 마음의 단단한 근력'이 필요한 시기이다.

초등학교처럼 인근 학교로 취학 통지서가 나와서 자동 배정이 되면 얼마나 좋을까? 하는 생각도 수도 없이 한다. 공립이든 사립이든, 원아 유치를 위해 쏟는 이 엄청난 힘을 아이들의 일상에 쏟으면 얼마나 좋을까? 꿈꿔 본다. 하지만 지금 현실을 탓할 수는 없다. 바꿀 수 있는 것을 바꾸는 용기 대신, 바꿀 수 없는 것을 받아들이는 지혜가 필요한 순간이다.

마음의 자세를 바꾸는 것이 현명하다. 그래서 원아 모집 기간에 부모님의 상담에 대한 부담을 넘어 상담의 목적을 온전히 '어린이'에게 두려고 노력한다. 우리 원에 '어린이'가 온다는 의미가 무엇일까? 그 본질적인 의미에 대해서 깊이 생각해 볼 때마다 늘 가슴에 새기는 글귀가 있다.

사람이 온다는 건 실로 어마어마한 일이다.
그의 과거와 현재와 그리고 그의 미래와 함께 오기 때문이다.
한 사람의 일생이 오기 때문이다.

- 「방문객」, 정현종 -

실로 영유아기 때 아이와의 만남은 삶의 모든 구간 중 가장 '빛나고 순수한 만남'이 이루어지는 시기이다. 아이의 과거를 따뜻하게 품고, 미래의 꿈을 만들어 가는 '꿈터'에서 '먼 미래의 어른'을 키워내는 일이니까. 같은 이름을 가진 아이는 있어도, 이 세상에 같은 아이는 단 한 명도 없다. 그리고 부모님에게는 세상에서 가장 귀하고 유일무이한 존재이다. 세상에 단 하나뿐인 존재를 우리에게 맡기는 일이니, 얼마나 귀한 일을 하고 있는 건가? 부모님의 입장에는 가장 소중한 아이를 믿을만한 장소와 선생님께 맡겨야 한다. 신중할 수밖에 없다. 그 마음을 알기에 상담 오시는 부모님과의 소통에 온 마음을 다해 귀 기울이고 상담해 드린다.

화기애애, 아이들과 꽃피는 날들

부모님의 눈을 마주치며 아이의 이름, 교육 방향, 고민 등을 함께 나눈다. 1시간 남짓한 시간 동안 눈빛을 통해 서로 마음을 전하는 일은 정말 중요한 일이다. 부모님의 최종 선택은 기준이 모두 다르다. 교육 환경, 교육 프로그램, 교사, 맞벌이 가정 서비스, 교육비 등 다양한 조건을 비교한 뒤 소중한 새로운 인연을 맺게 되는 것이다.

"아이들의 밝은 모습이 보기 좋아서 결정했어요."
"졸업한 첫째가 적극 추천해요. 자기가 다녀본 곳이 제일 좋다고요."
"감성을 자극하는 활동이 마음에 들어서요."
"발표 자료를 보니 같은 템플릿을 안 쓰시나 봐요. 다른 곳과 다르게 몇 년 써먹은 것은 아닌 것 같네요."

각자 선택의 기준은 달랐지만, 부모님들만의 '섬세한 시선'이 느껴지는 순간들이 많았다. 프레젠테이션 템플릿까지 언급하시는 아버님을 보고는 작년과 다른 템플릿을 사용하길 정말 잘했다는 생각이 들었던 적도 있었다. 교사의 눈빛, 말투, 옷차림, 프레젠테이션 자세, 교육 환경 구성 및 원의 분위기 등 체크해야 할 사항이 끝이 없다. 그 과정에서 원아 모집의 인원수에 집착하게 되면 사실 자존감이 떨어지게 된다. '왜 오지 않았을까?', '무엇이 문제였을까?' 문제점에만 초점을 맞추면 기운이 빠진다. 문제는 개선하면 되는 것이고, 내가 역량만큼 준비했으면 그걸로 된 것이다. 모든 것을 완벽하게 할 수는 없지만 '최선'을 다해 임하면 후회는 없다.

그리고 그렇게 맺어진 인연의 싹은 하늘에 맡긴다. 아이와의 만남에 감사하고, 인연의 싹을 정성껏 잘 틔워주면 되는 것이다. 이러한 과정을 거쳐 수많은 상담을 진행해 왔고, 또 수많은 아이의 성장 과정을 지켜보아 왔다. 어린이집과 함께 운영되는 곳이라, 가장 오랫동안 우리 곁에 머물렀던 아이는 돌 전에 와서 7세에 졸업한다. 무려 6년이라는 시간을 함께 보낸 친구들도 많다.

엄마의 품을 떠나서 선생님이 또 다른 엄마가 되어 '안전 기지'를 만든 귀한 순간들이 쌓여있다. '첫 말 듣는 순간', '첫걸음을 떼는 순간', '첫 이름 쓰는 순간' 등 모든 귀한 '첫 순간'을 함께 맞이하기도 하였다. 어쩌면 부모님보다 원에 머무르는 시간이 더 긴 요즘 아이들에게, 우리가 함께한 공간은 또 다른 넉넉한 품이 되었으리라. 그 소중한 순간을 마음속 깊이 품고 있기에, 졸업식에서 아이들의 모습을 보는 것은 여간 먹먹한 일이 아니다. 졸업가운을 입고 졸업 노래를 부르는 아이들의 눈을 똑바로 바라볼 수가 없다. 그 눈빛 속에 보이지 않는 우리의 깊은 마음이 연결되어 있음을 알기 때문이다.

‘부모님 대신에 저희를 이렇게 잘 키워주어서 고마워요.’

‘시간이 지나면 기억하지 못할지도 모르지만, 이 모든 순간은 저희 마음에 스며들어 살아가는 힘이 될 거예요.’

‘시간이 지나도 선생님의 마음은 잊지 않을게요.’

아이들의 눈빛이 마치 그렇게 말해주는 것 같다. 그리고 나 또한 눈빛으로 조용히 답한다.

‘가장 아름다웠던 순간에 너희와 함께 있어서 나 또한 행복했어. 너희는 잊을지 몰라도 선생님의 마음에 가장 빛나는 별들로 영원히 반짝일 거야.’

‘나의 소중한 아이들이 되어주어서 고맙다. 나도 너희들 덕분에 조금 더 나은 어른이 되려고 노력한 시간이었어.’

‘또 다른 봄이 오고 꽃이 피면 다른 아이들이 오겠지. 하지만 꽃잎마다 다른 너희들을 어떻게 잊을까?’

이렇게 전하고 싶은 마음의 이야기를 가득 담은 교사의 눈빛과 아이의 눈빛이 마주치는 순간, 가슴 한편 묵직한 마음이 차올라 눈물이 뚝뚝 떨어진다.

‘우리는 같은 마음이었구나. 서로를 정말 많이 사랑했구나.’

　사슴 같은 눈망울로 선생님을 바라보며 눈물을 뚝뚝 흘리는 아이들, 그리고 그 아이들을 바라보며 주체할 수 없는 눈물을 애써 참아내는 선생님. 말로 표현할 수 없는, 우리 사이에 존재하는 그 순수한 사랑을 어떻게 설명할 수 있을까? 우리는 그렇게 사랑을 주고, 배우며, 그 어떤 말로도 다 설명할 수 없는 감정의 본질에 다다르게 된다. 이 따뜻한 연결이야말로 삶의 가장 깊은 위로이자 빛이 되는 것이지 않을까?

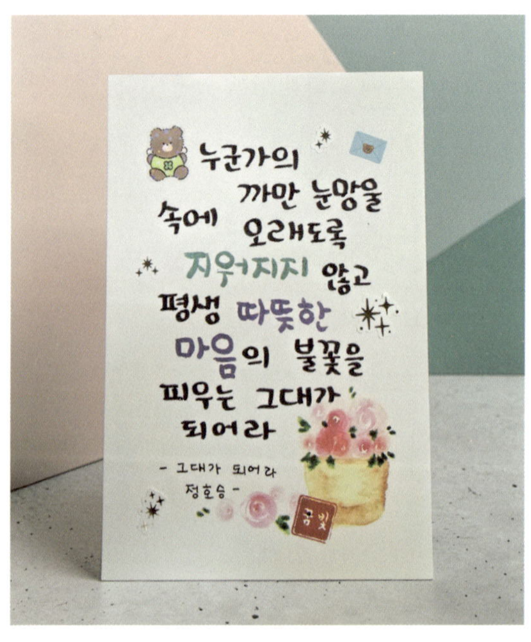

화기애애, 아이들과 꽃피는 날들

떫음 대신 달콤함, 원감의 비밀

어느새 24년의 경력이 쌓였다. 초임 교사 때는 수업 기술, 아이들을 다루는 요령, 학부모님과의 소통 등 모든 것이 서툴러 빨리 '능숙한 경력자'가 되고 싶었다. 내가 되고 싶은 경력 교사는 그저 '아는 척'만 하는 사람이 아니었다. 툭 던져도 답이 술술 나오는 '아우라가 있는 사람'이었다. 그래서 쉬지 않고 끊임없이 배웠다. 동화 구연, 피아노, 음악, 종이접기, 상담 등 시간이 닿는 대로 무엇이든 배우려고 하였다. 유아 교육은 아이들 현장에서 꽃이 피니, 현장에서 아이들과 온전히 호흡하며 좋은 선생님이 되고자 노력했다. 그리고 12년간 담임을 마치고, 13년 차에는 담임을 맡지 않는 '중간 관리자'가 되었다.

12년 동안 담임 교사, 중간 관리자, 대학원생, 엄마, 아내의 역할까지 모두 함께하는 시간은 정말 쉽지 않았다. 하지만 '주어진 시간만큼 최대한 버텨보자.'라고 다짐했다. 현장을 오랫동안 지켜야 아이들과 교사 입장을 좀 더 깊이 이해할 수 있다. 실질적인 도움을 줄 수 있는 '현장감'이 쌓이는 것이라 믿었다. 나는 '공감을 바탕으로 현장감을 잃지 않는 리더'가 되는 것이 내가 지향하는 나의 모습이었다. 그렇게 아이들의 담임을 벗어나 '원감'이라는 호칭이 주어졌다. 처음으로 붙여진 '원감'이 낯설었다. 그리고 깊은 의미에 대해 곰곰이 생각해 보았다. 뿔테 안경에, 조금은 단호함이 떠오르는 호칭, 아이들이 잘못했을 때 불려 오는 냉기 가득한 장소 같은 느낌이 들었다. 이미지를 어떻게 바꿀 수 있을까 고민했다.

'그래. 나는 딱딱한 감, 떫은 감이 아니야. 나는 달콤한 단감이지! 아이들과 학부모님께 떫지 않은 달콤한 원감이 되어보자.'

그렇게 원감실로 입주한 첫해는 조금 허전한 마음이 들었다. 내가 맡았던 반 아이들에 대한 애착이 워낙 컸던 터라 담임 교사의 자리에서 밀려난 것만 같았다. '교사의 존재감'이 희미해진 느낌이었다. 각종 공문을 처리하는 행정 관리자, 쉴 새 없이 오는 전화를 받는 전화 상담원, 현관에 배달되는 온갖 택배 물건을 정리하는 택배기사 등 다양한 역할을 하며 수많은 잡무를 해야 했다. 나의 존재감은 점점 아이들로부터 멀어지는 것 같았다. 아래위에서 밀리고 치여서, 먹을 수 없이 뒤범벅된 햄버거와 같은 일상의 연속이었다. 차라리 담임 교사가 낫다고 생각할 정도였다.

생각을 바꾸는 것이 필요했다. 가만히 생각해 보니, 이 사소해 보이는 일들 하나하나가 일상을 유지하는 데 큰 힘이 되는 중요한 것이었다. 내가 정리한 택배는 아이들의 배움의 교구·교재를 전해주는 일, 내가 받는 전화는 교사와 학부모, 아이들을 이어주는 소중한 다리, 내가 처리하는 공문은 담임 시절 보지 못하는 큰 그림을 보게 해주는 일이라고 생각하니, 내가 훨씬 더 큰 사람이 된 것 같았다. 그리고 마지막으로 아이들에게 여전히 '존재감 강한 나'가 되기 위해서는 어떻게 해야 할지 진지하게 고민했다.

'그래! 아이들은 좋아하는 어른을 따라 하고 싶어 하는 경향이 있으니, 아이들에게 좋은 점을 더 많이 발견하여 공개적인 칭찬을 해야겠구나. 우리 반 아이만이 아닌 모든 아이의 장점을 찾아서 공개 칭찬을 해주자.'

교실에 꼭 있는 '일러주기 병'을 가진 아이들로부터 선생님을 해방시켜 주자고 결심했다. 매일 한 명씩 장점을 찾아 유치원 아침 방송을 통해 칭찬해 주기 시작했다. 물론 단순히 '잘했다'라는 칭찬이 아니라 '과정'과 '행동'에 대한 격려가 담긴 칭찬이었다.

"우리 ○○가 오늘 선생님께 인사를 하는 모습이 너무 예의 바르게 느껴져서, 선생님도 기분 좋은 아침을 시작할 수 있었답니다. 웃으며 인사해 줘서 고마워. 우리 ○○을 칭찬합니다."

방송에서 칭찬 노래가 흘러나오고 자신의 이름이 불리는 순간, 아이는 그날 하루 내내 자존감이 구름처럼 둥실둥실 떠다니는 날이 된다. 친구들의 박수를 받는 그 으쓱한 마음 덕분이었을까? 그때부터 아이들의 '일러주기 병'은 점점 사라지고 '좋은 일 일러주기'가 시작되었다.

"원감 선생님, 오늘 내가 버스에서 동생 벨트 풀어줬어요."
"어머 우리 ○○는 동생을 배려하는 따뜻한 마음을 가진 친구구나. 어디 그 마음 선생님도 만져볼까? 아이 따뜻해 선생님도 마음에 물들 것 같아."
"원감 선생님! 제가 집에서 엄마 빨래 정리 도와줬어요."
"엄마가 우리 ○○를 보며, 얼마나 대견해하실까? 장하다. 토닥토닥."

이제는 시도 때도 없이 자신의 좋은 점을 '공개적으로' 보고하는 아이들의 모습이 일상이다. 그렇게 좋은 점을 발견하고 칭찬하면서, 아이들에 대한 나의 존재감이 더욱 '달콤'해져 갔다. 우리 반에서 인기가 최고였던 나는, 이제 더 많은 아이들을 품은 인기 만점 '달콤한 원감'이 되었다. 오늘도 아이들은 참새가 방앗간을 지나가지 못하듯, 원감실로 스스럼없이 들어온다.

"너희들! 여기가 너희 놀이터냐! 집에 가야지."

까르르 웃으며 빠져나가는 아이들의 뒷모습을 다시 한번 사랑스럽게 바라본다. 교사는 아이들을 보며 매일 꿈을 꾼다. 아이들의 맑은 눈망울에 비친 나는 과연 어떤 모습일까 되돌아본다. 아이들을 통해 더 좋은 어른이 되기 위해 오늘도 함께 철들어 간다.

아이들과 나누는 생일의 온기

아이들이 1년 중 가장 기다리는 날은 바로 생일이다. 이 세상에 온 자기 존재의 소중함을 온전히 느낄 수 있도록 축하받는 날이기 때문이다. 첫돌을 시작으로 삶의 주연으로서 축하받는 특별한 날이니, 매해 돌아오는 생일은 설렐 수밖에 없다.

"생일 축하합니다. 생일 축하합니다. 사랑하는 ○○의 생일 축하합니다."

아이를 키워본 부모라면 함께 생일 축하 노래는 아마 수백 번 불렀을 것이다. 가족의 생일파티에서도 케이크의 촛불을 끄는 것은 어린아이일 것이다. 꺼진 초를 다시 켜서 '후' 불기를 무한 반복하며 가족 간 행복감을 경험했을 것이다. 케이크와 선물, 생일 축하 노래는 생일의 필수 요소이다. 단순히 생일 선물을 받는 기쁨을 넘어서 생일의 깊은 의미를 생각해 본다. 매년 이어지는 생일파티에서 같은 패턴으로 케이크를 먹고,

축하 인증 사진을 남기는 것보다 중요한 것은 '축하받은 마음, 축하하는 마음'이 어우러진 행복감일 것이다.

똑같은 패턴의 생일파티를 넘어선 특별한 생일파티가 필요했다. 마침, 유치원에서도 테마형 생일파티를 진행하게 되었다. 동화 속 주인공과 함께하는 테마형 생일파티는 매월 생일의 이야기가 달라진다. 이상한 나라 앨리스, 곰돌이 푸, 토이 스토리, 인어 공주, 미녀와 야수 등 아이들의 상상력을 자극하여 매력 끌기에 안성맞춤이다. 업체에서 생일상과 놀이 도구를 세팅해 주지만, 가장 중요한 것은 '마음'이라고 생각했다. 누군가의 생일을 맞이하여 진심으로 축하하는 마음, 축하받는 기쁨, 그리고 함께하는 즐거움 속에서 내가 할 수 있는 작은 선물은 무엇일까?

'그래, 나는 아이들에게 나를 선물하자.'

아이들에게 비싼 선물보다 더 값지고 오래 남는 것은 '함께하는 시간'이 아닐까? 3월의 첫 생일파티 '곰돌이 푸'의 의미를 생각해 보았다.

'매일 행복하지 않지만, 행복한 일은 매일 있어.'

곰돌이 푸가 남긴 명언을 새기며 곰돌이 푸 옷을 구입했다. 곰돌이 푸 옷을 입고 등원 시간에 아이들을 맞이하는 순간 반응은 최고였다.

"원감 선생님, 오늘 왜 이거 입었어요? 곰돌이 푸예요?"

성공이다. 곰돌이 푸를 한 번에 알아차리는 아이들은 저마다 나의 팔과 다리에 딱 달라붙었다. 어린이가 할 수 있는 모든 좋은 언어를 사용하며 나의 기를 세워줬다. 푸와 함께하는 꿀벌 모으기 게임을 함께 한다. 놀이하는 모습을 보며 나 또한 행복해지게 되었다. 행복을 바라보는 시선에 따라 행복은 일상에 있다는 것을 다시 한번 깨달았다. 아이들에게서 시작된 행복 바이러스가 순식간에 온 교실을 웃음꽃으로 물들였다. 다음 달은 토이 스토리인데, 또 어떻게 변신할까? 다시 고민에 빠졌다. 해외, 국내외 옷을 '폭풍 검색'하여 사비로 구입하였다. 토이 스토리 옷과 모자, 집에 있던 장난감 권총까지 장착하고 출근하였다. 선생님들과 학부모님들은 나의 어딘가 엉뚱하고도 유쾌한 모습에 다들 '빵' 터지셨다.

'아이들 곁에 있어 주는 건 장난감이 해줄 수 있는 가장 고귀한 일이야.'

토이 스토리의 장난감 세상에서 장난감이 해준 말이다. 우리는 어쩌면 마트에서 화려하고 큰 신상 장난감이나 교육적으로 좋은 교구를 찾기에 바쁘다. 출산율이 떨어지는 시대에 한 명 낳아서 잘 키우자는 부모는 더 좋은 것을 해주고 싶은 것이 당연한 마음이기도 하다. 하지만 가장 중요한 것은 좋은 장난감보다 '함께하는 느낌, 시간을 선물'해 주는 일이지 않을까? 생일을 맞이하면서 매월 철학적인 깊은 의미를 더하게 된다.

피터 팬 생일파티에서는 네버랜드를 상상한다. 영원히 늙지 않는 나의 아이들과의 놀이 시간을 보낸다. 이상한 나라 앨리스 생일파티에서는 이상한 나라 선생님이 되어 이상한 놀이를 계획하기도 한다. 창의성이 중요한 시대에 왜 매일 똑같은 생일 노래만 부르는가? 협력을 강조하면서 왜 경쟁을 시키는가? 앨리스로 변신한 나는 이상한 나라 생일파티를 하기로 결심했다.

"오늘 이상한 나라에 오신 것을 환영해요. 여기서는 모든 것을 거꾸로 한답니다. 혹시 우리 친구들 반 이름은 크로반?"

원래 반 이름은 로크반이다. 거꾸로 반 이름을 부르자 아이들의 해맑은 웃음이 퍼진다. 생일 친구들의 이름을 거꾸로 부르자 아이들은 서로를 마주 보며 깔깔대며 웃는다.

"이상한 나라에서는 생일 노래가 다르답니다. 자 들어봐요. 안 생일 축하합니다. 안 생일 축하합니다. 사랑하는 ○○, 안 생일 축하합니다. "

소리가 나지 않게 손뼉 치며 '안 생일 축하 노래'를 부르자 아이들은 깔깔대며 함께 노래 부른다.

"이상한 나라에서는 1년 365일 중에 364일이 생일이에요. 그리고 하루는 생일이 아닌 날이죠, 그러니 '안 생일 축하 노래'를 부르는 거죠. 친구들 잘 생각해 봐요. 1년 364일을 생일처럼 축하하며 기쁜 날을 보내는 것이 좋을까요? 아니면 1년 중 단 하루를 축하하며 생일처럼 보내는 것이 좋을까요? 선택은 우리 친구들의 몫이랍니다. "

1년 중 하루만을 특별하게 자신의 존재를 기념하는 것보다, 매일 자신의 존재를 느끼며 살아가는 생명력 있는 삶이 더 중요하지 않을까? 내가 아이들에게 해주고 싶은 이야기는 바로 일상을 귀하게 여기고 즐겁게 생활하라는 의미였다.

이상한 나라 앨리스 생일파티를 하며 여왕과 '지는 것이 이기는 게임'인 크로키 게임을 하였다. 공을 넣지 못하는 친구들은 '졌다!' 하고 환호했고, 친구들은 '패배'에 오히려 격려의 환호를 보내주었다. 졌다는 것은 또 한 번 시도할 수 있다는 것이고, 시도함으로써 잘하게 된다. 우리는 다른 관점에서 생각해야 한다. 관점을 바꾸면 세상을 보는 시선도 달라진다. 한복이나 멋진 옷을 입고 케이크를 먹는 생일파티를 하며 공주 왕자 대접을 받는 것보다 더 중요한 본질은 무엇인지 생각해 볼 일이다.

인어 공주, 알라딘의 요술 램프, 월리와 함께하는 세계여행 등 다양한 주제의 생일파티가 나를 기다리고 있다. 멋지게 차린 생일파티장으로 만들어진 공간에서 의미를 더해줄 나만의 생일 콘셉트를 여전히 생각 중이다. 생일파티를 위해서 캐릭터 의상을 사고, 고민하는 시간, 함께 놀이하는 시간은 내가 아이들에게 해줄 수 있는 가장 큰 선물인 것이다.

캐릭터 의상을 입고 철없어 보이는 나의 행동은 어린이의 마음에 눈높이를 맞추기 위한 최선의 행동이다. 늘어나는 캐릭터 의상만큼 내 월급의 일부가 아이들의 행복한 시간으로 적립된다고 생각하면 전혀 아깝지 않다. 특별한 생일파티를 통해 축하받는 마음의 행복, 축하해 주는 마음의 기쁨, 함께하는 놀이의 즐거움, 다양하게 세상을 바라보는 시선을 통해 배우기를 바란다.

내가 선물한 시간을 통해, 아이들도 누군가에게 즐거움을 주고 의미를 전하는 어른으로 성장하길 바란다. 이 세상에 하나뿐인 소중한 아이로 태어남에 감사한 마음을 전한다.

"생일파티의 가장 큰 선물은 바로 너희였어."

사람은 존재의 가치를 인정받고 함께함으로써 '따뜻한 우리'로 성장하는 것이다. 세상에서 가장 맑고 아름다운 시기에 아이들의 추억 속에 특별한 나로 남는 것 또한 나에게 큰 선물이다.

화기애애, 아이들과 꽃피는 날들

아주 보통의 행복

본격적인 겨울임을 알리는 12월. 차가운 바람이 스산히 불어와 몸을 움츠리게 되는 날이었다. 같은 시간, 같은 길, 같은 장소로 습관처럼 무미건조하게 걸음을 옮긴다. 별다를 것 없지만 별다른 것을 기대하면서. 짧은 출근길에 '책 읽는 자작나무' 오디오북을 들었다. 마음을 다잡고 유치원 현관문 열고 습관적인 인사를 한다. 내 자리에 딱 앉으려는 순간, 방석 위에 놓인 포장된 선물과 커피가 보였다.

'어, 누구지?'

약 5초간 멈칫하다 곧바로 누구인지 알아차렸다. 하루 전날 일이었다. 교무실에서 한 선생님이 나의 책상 위에 놓인 나태주 시인의 책을 보고 말했다.

"원감님 나 이거 좀 빌려서 읽어도 돼요?"

"그럼, 얼마든지. 나는 가정 통신문 쓸 때 좋은 글 참고하는 데 애용하는 책이야."

"안 그래도 얼마 전에 나태주 시인의 새 책이 나왔던데. 사보고 싶어요."

"그래? 어떤 책이야?"

"『별을 사랑하며』요."

찾아보니 내가 가지고 있지 않는 시집이었고, 냉큼 두 권을 주문했다. 그리고 다음 날 아침, 책과 함께 작은 메모를 써서 선생님께 쓱 내밀었다.

"나 책을 좋아하는 사람한테, 책 선물을 주는 것이 행복이야."

"저도 그러고 싶은데 원감님은 웬만한 책이 다 있을 것 같아서."

예상하지 못한 선물이었는지 선생님은 깜짝 놀라며 어쩔 줄 몰라 하였다. 그리고 수줍게 교무실을 나간 일이 떠올랐다.

분명 그 선생님일 거라는 예상과 함께 포장을 뜯었다. 내가 평소에 좋아하는 연한 커피, 목 아픔을 해결하는 도라지 진액, 다이어리 꾸미기를 좋아하는 나를 위한 스티커, 한 권의 책과 함께 놓인 동글동글 선생님의 메모가 이내 마음을 먹먹하게 했다.

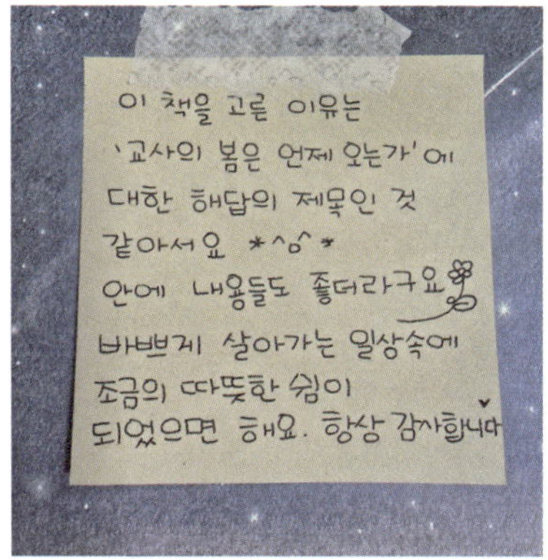

갱년기인가? 가슴 한편이 먹먹해지고 눈물이 차오르는 이 느낌은 뭐지?

"나는 작은 것에 감동을 잘 받아."

내가 자주 하는 말이다. 하지만 가만히 생각하면 이런 일은 삶에서 '작은 일'이 아니라 '큰일'이다. 사람의 진심 어린 마음이 서로 닿는다는 것이 얼마나 쉽지 않은 일인가?

유치원이라는 작은 세계에서 아이들과 함께하는 '직장 생활'은 어른들과 함께하는 직장 생활보다 '진심'이 더 많이 필요하다. 아이들은 너무 솔직한 직감으로 진심이 아닌 것은 금방 알아차리기 때문이다. 아이들과의 진심과 마음은 누구보다도 잘 통한다고 생각한다. 하지만 어른들과 진심을 표현하고 나누는 일은 여전히 쉽지 않다. 그렇기에 가끔 이렇게 진심이 통하는 일이 나에게 선물처럼 주어질 때 마음에 꽃이 피는 것 같다.

밥을 먹고, 일을 하고, 대화를 나누고
매일매일 반복되는 일상의 사소함으로
더 깊이, 온전히 들어가는 것이 곧 행복이다.

- 『아주 보통의 행복』, 최인철 -

반복되는 일상의 사소함으로 깊고 온전히 들어가는 일. 아주 보통의 행복을 쌓는 일이 어쩌면 가장 귀한 일인지도 모른다. 겨울의 추위를 잊게 만드는 사람과 사람 사이의 온기로 인해 '따뜻한 살아있음'을 느끼는 행복한 날이었다. 오늘 하루도 나 자신에게, 교사에게, 아이들에게 진심이 통하든, 통하지 않든 최선을 다해 살아가는 아주 보통의 행복을 간직할 테다.

화기애애, 아이들과 꽃피는 날들

11월의 따스한 성찰의 온도

스산한 바람이 불어오는 11월, 안도현의 「가을 엽서」를 마음에 품어본다. 낮은 곳으로 내려앉는 나뭇잎처럼 세상에 나누어 줄 것은 무엇인가 생각해 본다. 교사의 사계절은 늘 역동적이다. 전쟁 같은 신학기를 보내며 봄을 만끽할 새도 없이, 뜨거운 여름을 온몸으로 견뎌낸다. 아름다운 가을의 낭만을 오롯이 느낄 새도 없이, 2학기 행사와 원아 모집을 끝낸다. 비로소 한숨 돌릴 수 있는 달은 바로 11월이다. 곧 다가올 크리스마스와 연말 행사, 학년 마무리, 졸업과 새로운 시작을 준비하는 1, 2월을 맞이하기 위해 잠시 멈춤이 절실히 필요한 달이기도 하다.

그래서 11월은 단순한 휴식이 아닌, 가장 깊은 성찰의 시간인 셈이다. 아름다운 풍경과 탐스러운 열매들, 오색으로 물들었다가 떨어지는 나뭇잎을 본다. 나는 어떤 마음으로 가을을 보내고 겨울을 맞이해야 할지 스스로에게 묻는다. 과거가 되어 버릴 오늘을 돌아보고, 다가올 내일을 그려보며 질문을 던져본다.

　올 한 해 나는 어떻게 살아왔을까? 그리고 이제 한 달밖에 남지 않은 한 해를 어떻게 마무리할 것인가? 새로운 해는 어떻게 살아가야 할 것인가?

　가을을 품고 겨울을 준비하는 11월의 숲에서 뛰어노는 아이들을 바라본다. 그리고 가만히 '가을 나무'를 바라본다. 낮은 곳으로 내려앉아 새봄의 희망을 준비하는 낙엽들이, 꼭 교사의 삶과 닮아 보인다. 겸허하고 낮은 자세로 아이들의 맑은 자람을 지긋이 응원하고 지켜보며, 깊어지는 사람이 '나무 같은 교사'인 것 같다.

　숲속에서 작은 도토리를 주워 보물이라도 찾은 듯 환하게 웃는 아이들의 모습을 보면 절로 미소가 지어진다. 문득 생각에 잠긴다. 작은 도토리 안에 거대한 참나무의 꿈이 숨어 있듯 보이지 않는다고 존재하지 않는 것은 아니다. 아이들의 성장은 세상 모든 것의 도움을 품고 있다. 자연과 부모님, 선생님과 친구들, 그리고 우리가 살아가는 이 세상의 많은 요소들이 조화롭게 어우러져 한 아이를 키워낸다. 그 연결성이 우리 모두를 살아가게 하는 것이다. 그리고 그 과정을 함께하며 아이들만 자라는 것이 아님을 깨닫는다. 때론 많이 흔들리고, 아프고, 넘어진 시간을 겪으며, 내 삶이 소진되는 것 같았던 날들도 많았다. 하지만 이제는 안다. 한탄이 아닌 내 안의 시간을 감탄으로 해석했을 때 비로소 나의 시간이 소중한 가치를 지닌다는 것을.

이제는 떨어지는 낙엽을 보아도 더 이상 쓸쓸하지만은 않다. 낮은 곳으로 기꺼이 겸허해지고, 다가올 추운 겨울을 지혜롭게 나는 법을 배울 시간이라고 생각을 전환한다. 바람이 차가워지고, 겨울의 추위가 매서워질수록, 그저 내 옷깃만을 여미며 움츠러들 게 아니다. 서로를 위한 따뜻함을 나누며 함께 손을 맞잡아야겠다고 다짐한다. 너무 뜨겁지도 너무 차갑지도 않은 '사람만이 가진 따뜻함'이라는 온도를 품어본다. 그 온기를 함께 나누며 겨울을 기다린다. 그 따뜻함의 온기가 아이들의 마음에, 우리의 마음에 희망 꽃을 피워주리라 굳게 믿으면서.

화기애애, 아이들과 꽃피는 날들

동심의 빛으로 스며드는 따뜻한 겨울

어른들의 12월은 한 해를 마무리하는 '아쉬움'으로 시작된다. 추위 때문에 두꺼운 옷으로 '중무장'을 하고, 몸도 잔뜩 웅크린다. 마음 또한 마찬가지이다.

'눈이 오면 차는 어떻게 하나?'
'매년 맞이하는 크리스마스에는 무엇을 하나?'
'어휴…. 한 살 더 먹는 내년이 두렵다.'

대부분 걱정이다. 또한 조금은 무덤덤하고, 슬픈 마음을 애써 태연한 척 감춘다. 그리고 새해에는 새 마음 새 뜻으로 시작하리라는 다짐을 가득 품는 것이 보통 어른들의 모습이다.

하지만 아이들의 12월은 설렘 가득한 '기대'와 함께 시작된다. 어김없이 〈겨울왕국〉 의상을 입고 오는 아이, 눈이 오면 강아지처럼 폴짝폴짝 뛰는 아이, 산타할아버지가 올해는 어떤 선물을 주실까? 추위를 잊은 채 기대로 가득한 모습으로 시작한다. 또한 내년에는 한 살 더 먹으면 형아, 언니, 누나가 된다는 '설렘이 가득한 것'이 보통 아이들의 12월 모습이다.

영유아 교육 현장의 12월은 동심을 빛나게 해줄 행사의 고민으로 분주하다. 겨울철 행사에서 가장 인기 있었던 행사는 단연 '겨울왕국'이었다. 〈겨울왕국〉이 나온 이후로 〈겨울왕국〉을 능가할 애니메이션은 나오지 않았기에 '겨울왕국'은 아이들의 세계와 가장 잘 통하는 행사였다. 그리고 나는 그 행사의 즐거움을 함께하기 위해 어떤 모습으로 변신해서 아이들과 놀아줄지 고민한다. 관객이 아닌 아이들과 일상 속 주연이 되고 싶은 것이다. 내가 아이들에게 다가가기 위한 가장 쉬운 방법은 '의상과 힘 빼기'이다. 동심의 매력을 끌어당길 의상을 장착하고 어린이의 마음으로 '힘 빼기'를 하면 일상의 무대에서도 주인공이 될 수 있다.

아이들에게는 잘 가르치는 선생님보다 마음이 잘 통하는 선생님이 우선이다. 마음의 힘을 빼고 온전히 다가가야 한다. 다가감에는 1년 차도, 20년 차도 다 소용이 없다. 순수한 내 존재 자체로 힘 빼고 눈 마주치며 다가가기를 멈추지 않으면 된다. 어느새 아이들은 자력이라도 생긴 듯 교사에게 끌리게 되어 있다.

엘사와 안나로 변신하여 아이들과 함께하는 시간을 보낸 날은 디즈니 왕국이 따로 없다. 〈겨울왕국〉 주인공을 만난 듯 환호하며 대한다. 아이들의 순수한 눈빛, 말 빛, 동심의 빛은 내 삶의 에너지를 충전해 준다. 에너자이저 아이들과 함께 하루 종일 행사를 치르고 나면 어느새 목도 몸도 사실 아플 때도 많고 피곤할 때도 있다. 하지만 보람찬 행사를 끝내고 아이들과의 사진을 확인하는 순간 항상 마음에 빛이 반짝인다.

'내가 보지 못한 아이들과의 모습이 이런 모습이었구나!'

아이들 속에 빠져들지 않았다면 발견하지 못할 나의 모습, 내 몸과 마음을 아끼고 겨울의 마음으로 꽁꽁 싸매고 있었다면 찾지 못한 나의 모습은 아이들 속으로 오롯이 스며들었기에 내 삶에 새겨질 수가 있었다.
'네가 따뜻하다면 나는 녹아도 좋아.'

〈겨울왕국〉의 올라프 대사의 한 구절처럼 아이들과 함께였기에 나도 빛났다. 이토록 순수한 동심의 빛은 나에게 매 순간 삶의 의미를 더해주고, 교사의 길을 단단하게 밝혀준다. 아이들 한 명 한 명 반짝이는 눈 속에서 잠재력을 발견한다. 작은 씨앗이 큰 나무가 될 수 있도록 돕는 것이야말로 교육 예술가로서 가장 큰 소명이 아닐까?

어른의 잣대가 아닌 아이들의 눈높이에서 온전히 마음을 열 때, 비로소 나의 가르침은 따뜻한 힘을 얻게 된다. 아이들과의 일상에서 배움은 행복이라는 이름으로 꽃을 피운다는 것을 깨닫는다.

아이들과 함께 따뜻한 날들.
아이들과 함께 빛나는 날들.
아이들과 함께 꿈꾸는 날들.
아이들과 함께 행복한 날들.
그날들 속에 스며들어 있는
내가 참으로 좋아지는 날.

오늘도 아이들과 함께 일상을 빛내며 삶의 의미를 더해본다.

화기애애, 아이들과 꽃피는 날들

민들레 홀씨 같은 아이

어김없이 반마다 쉽지 않은 아이가 있다. 가만히 앉아 있지 못해 선생님이 이름을 수없이 불러야만 하는 아이. 단 한 순간도 선생님의 시선과 손길이 없으면 위험천만한, 그런 아이가 어김없이 있다. 교실에서 그런 아이의 모습을 가만히 지켜보다 문득 '민들레 홀씨'와 닮았다는 생각이 들었다.

민들레 홀씨 같은 아이

아직 어려서 무엇을 해야 할지
내 감정이 어떤지, 내가 무엇 때문에 힘든지,
몸과 마음의 어떤 아픈 상처가 있는지 모른 채
마음 둘 곳 없어 이리저리 자신도 모르게
방황하는 그런 아이.

교실을 이리저리 둥둥 정처 없이 날아다니며
손길과 눈길, 이름이 수없이 불릴 때까지
관심을 원하는 너는 바로
민들레 홀씨 같은 아이였구나!

어느 순간 너도
양지바른 튼튼한 땅 위에 살포시 내려앉아
따뜻한 햇살을 받으며
천천히 뿌리를 내리고 꽃필 준비를 하겠지.

아직 꽃필 때를 잘 모르고
꽃필 곳을 찾지 못한 너도
어김없이 때가 되면 아름다운 꽃으로 피어나겠지.

그래 김춘수 시인 꽃의 시처럼
하나의 아름다운 존재가 되도록
너를 불러줄게, 기다려 줄게.
희망을 품은 민들레 홀씨 너를 위하여.

아이의 모습을 보며 어떤 마음으로 바라보아야 하는지 일과 후 한 편의 시로 적어 보았다. 그리고 그 아이를 볼 때마다 '희망'이라고 이름을 붙여본다. 동료 선생님들과도 어려운 아이를 '희망이'라고 부르기로 하였다.

“선생님! 오늘도 희망이와 희망찬 하루 되어요. 파이팅!”

어김없이 ‘희망이’는 결국 한 학기가 지나면 선생님 마음에 결국 가장 기쁜 희망이 되어준다. 교사의 따뜻한 믿음과 사랑 속에서, 모든 ‘희망이’는 결국 자신만의 아름다운 빛을 발하는 세상의 하나뿐인 꽃으로 피어나는 것이다. 사랑만이 결국 기적을 만들어 낸다고 믿는다.

엄마 밥에 담긴 사랑의 온기

유치원의 3월은 울음소리와 함께 '엄마'라는 단어가 교실 여기저기 울려 퍼진다. 물론 적응을 잘하는 아이들도 있지만 일부 아이들은 여기저기 '엄마'를 찾으며 눈물 한가득이다.

"엄마가 보고 싶어요."

"선생님, 엄마 전화해 주세요."

"엄마 언제 와요?"

그럴 때마다 아이들을 꼭 안아주며 말한다.

"엄마가 너무 좋지? 엄마가 너무 보고 싶지? 그래 그 마음을 알아! 선생님도 엄마가 너무 좋고 항상 엄마가 보고 싶어."

캥거루 자세로 아이를 안고 아이의 등을 토닥인다. 그러면 어느덧 아이의 울음소리를 줄어들고 새근새근 몸이 부드러워진다.

'엄마'

말로도 글로도 다 표현하기 힘든 만큼 코끝 찡한 존재가 있을까? 엄마를 향한 마음은 사실 아이나 어른이나, 엄마가 되어도 나이가 들어도 똑같다.

신학기. 해도 해도 줄지 않는 업무에 늦은 퇴근까지, 지쳐가는 나를 스스로 다독이고 일으켜 세운다. 하지만 선생님도 사람인지라 파이팅의 풍선마저 너무 불어 터져버릴 만큼 힘든 날이 많다. 바람이 쭉 빠져 버린 날도 있다.

그럴 때는 어김없이 '엄마'가 생각난다. 늦은 퇴근에 허기진 몸으로 밥 한술 뜨는 밤, 갑자기 '따뜻한 밥'을 해주는 엄마가 그리워 그만 울음이 터지고 말았다. 엄마가 되어도 엄마의 밥이 그리워지는, 때로는 슬픈 날들이 있다.

그런 날과 마주하면 '엄마'의 존재가 더 고마워진다. 그래도 갈 수 있는 고향에 엄마가 기다리고 있다는 사실은 너무나 감사한 일이다. 엄마에게 향한다. 엄마는 매일 너무 열심히 사는 내가 자랑스러우면서도 항상 안쓰러우신가 보다. 따뜻한 밥과 갖가지 반찬을 가득 해 놓고는 잘 먹는 나를 보고 말씀하신다.

"너무 몸 쓰지 마라. 나이가 들면 힘든 기억은 잊어버려도 힘든 몸은 남아서 병이 된다."

그 말 뒤에는 '우리 딸, 너는 엄마에게 너무 소중한 존재이니, 너 자신을 아껴다오.'라고 말하는 것 같았다. 그렇게 엄마와 나 사이는 말로 다 하지 못하는 마음을 '밥'을 통해 나눈다. 엄마의 밥을 먹고, 엄마의 온기를 느끼며 주말을 채운 시간.

"엄마! 난 엄마 밥을 먹어야 힘이 나니까, 엄마 아프지 말고 오랫동안 밥 해줘!"

엄마는 나를 보고 다시 힘을 낸다. 나는 엄마 밥을 먹고 힘을 얻는다. '엄마'는 우리 삶에 가장 든든한 '정서적 울타리'이다. 심리학적으로 아이들이 세상에 신뢰할 만한 누군가에게 애착을 느끼는 안정된 품이 가장 중요하듯이, 아이들에게는 나 또한 그런 존재일 수 있다. 엄마가 정성으로 지어준 '밥 한 끼의 온기'가 단순한 배부름을 넘어 마음의 허기까지 채워주듯, 나의 작은 손길, 눈빛, 이름을 불러주는 행위 하나하나가 따뜻한 밥 한 끼가 될 수 있다. 엄마가 보고 싶어서 목 놓아 우는 아이들의 모습 속에서 '나의 엄마'의 모습도 찾아본다. 엄마가 나를 소중히 키워온 만큼, 소중한 내가 소중한 아이들의 따뜻한 엄마 같은 존재가 되는 것. 바로 이것이 엄마의 삶을 통해서 심어준 나의 소명이 아닐까?

엄마를 찾으며 우는 아이들에게 따뜻한 품이 되어주는 것, 소리 없는 전쟁 같은 식사 시간에 한 숟가락이라도 더 잘 먹도록 엄마의 손길로 함께 하는 것, 엄마가 보고 싶은 아이를 토닥이며 자랑스러운 엄마의 딸로서 살아간다. 엄마의 따뜻한 밥은 내 삶에 온기를 불어넣는 선물이다. 그 온기 가득한 선물을 품고 아이들과 함께 소중하게 일상을 채워감에 감사한 날들이다.

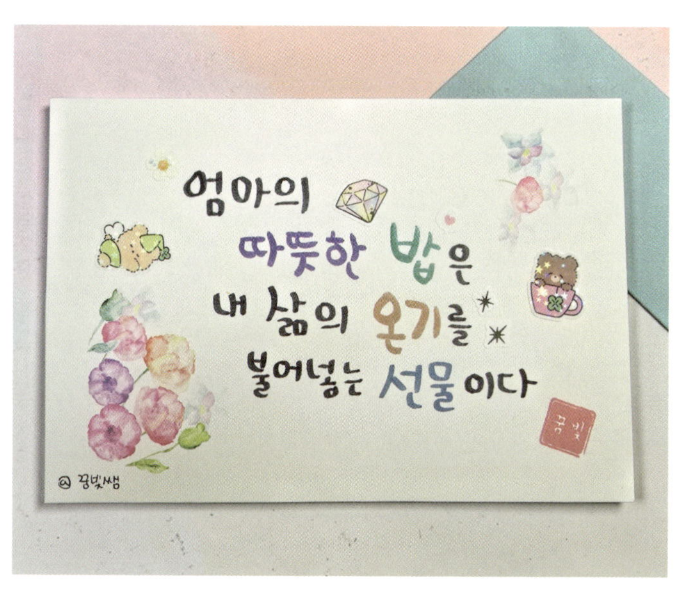
엄마의
따뜻한 밥은
내 삶의 온기를
불어넣는 선물이다
꿈빛쌤

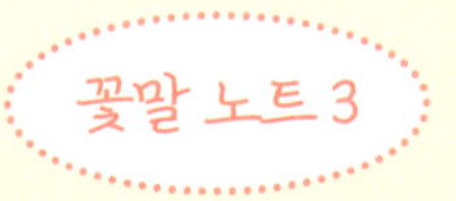

따뜻하게 피어나는 사랑의 꽃말

- **1. 보람 :** 삶의 가장 아름다운 열매. "햇살처럼 따뜻한 마음이 아이들의 순수한 마음과 맞닿아 아름다운 성장을 이루어 내는 일이다."

- **2. 만남 :** 가장 빛나고 순수한 만남이 이루어지는 시기. "영유아 교육 시기는 먼 미래의 어른을 가장 가까이에서 키우는 중요하고도 귀한 일이다."

- **3. 따뜻한 연결 :** 교사와 아이 사이에 존재하는 순수한 사랑. "이 따뜻한 연결이야말로 삶의 가장 깊은 위로이자 빛이 되는 것이다."

- **4. 교사의 꿈 :** 아이들의 맑은 눈망울에 비친 나의 모습을 발견하는 일. "아이들을 통해 더 좋은 어른으로 철들어 가는 일이다."

- **5. 보통의 행복 :** 사람의 진심 어린 마음이 서로 맞닿는 일. "반복되는 일상의 사소함으로 깊고 온전히 들어가는 일. 아주 보통의 행복한 일을 쌓는 일은 삶의 가장 소중한 일이다."

- **6. 교사 :** 겸허하고 낮은 자세로 아이들의 맑은 자람을 지긋이 응원하는 사람. "따뜻함의 온기로 희망 꽃을 피우며 아이들의 미래를 믿는 사람이다."

- **7. 동심의 빛 :** 매 순간 삶의 의미를 더해주고, 교사의 길을 단단하게 밝혀주는 빛. "아이들의 눈높이에서 온전히 마음을 열 때, 비로소 가르침은 진짜 힘을 얻게 된다."

- **8. 배움의 행복 :** 아이들과 함께 따뜻하고, 빛나고, 꿈꾸는 날들. "행복이라는 이름으로 꽃을 피우며 함께 삶을 살아가는 일이다."

- **9. 교사의 온기 :** 엄마의 따뜻한 밥 한 끼와 같은 것. "손길, 눈빛, 이름을 불러주는 행위 하나하나가 아이들에게는 따뜻한 엄마의 밥 한 끼와 같은 것이다."

- **10. 엄마 같은 교사 :** 아이들에게 따뜻한 품을 내어주는 것. "엄마의 마음으로 아이들을 바라보며 자랑스러운 엄마의 딸로서 살아가는 것이다."

애愛
아이들이 남겨준 삶의 꽃말들

아이들이 남긴 사랑은 내 삶에
오래도록 지워지지 않는 아름다운 꽃말로 새겨졌다.

어린 스승이 선물한 봄

3월의 어느 날. 현관에서 엄마와 함께 등원하는 한 아이가 웃으며 달려오며 말했다.

"선생님 봄이 오나 봐요!"

해맑게 웃으며 봄을 이야기하는 아이의 사랑스러운 한마디에 내 마음에도 봄 햇살이 내려앉는 듯했다.

'날씨가 따뜻해서 봄이 온 줄 알았는데 너희들이 와서 봄이 왔구나.'

3월의 전쟁 같은 신학기를 지내며 봄을 맞이할 마음의 여백도 없는 교사에게 아이의 말은 봄을 깨우는 언어와 같았다. 그 순간, 계절을 촘촘히 느끼면서 사는 아이들의 행복 감각을 닮고 싶다는 생각이 들었다. 결국 행복의 감각을 느끼려면 시간이 필요하다는 것을 다시금 깨닫게 되었다. 김신지 작가님의『제철 행복』에도 이런 구절이 나온다.

> 내가 원하는 시간의 자리를 마련해 줄 사람은 나밖에 없다. …
> 그러니 오늘의 일과 의무 사이에서
> 틈틈이 행복해지기, 그리고 앞날에 행복해질 시간을 미리 비워두기.

-『제철 행복』, 김신지 -

어린이가 행복한 이유는 계절을 온전히 느끼기 때문이다. 봄이 오는 느낌, 살아 움트는 작은 씨앗의 생명력, 작은 개미와 나비, 희망의 씨앗을 닮은 민들레 홀씨 등. 아이들은 계절의 어느 하나 놓치는 것이 없다. 그러니 매일 신기하고 다채로운 것이다. 진정 살아있는 것이다.

어른이 되고 나서였을까? 봄이 봄인지도 모른 채 흘려보낸 날들이 시작되었다. 봄이 가면 여름이 오고, 가을이 지나면 겨울이 되는 건 자연의 섭리이니 당연한 것. 우리는 어쩌면 당연하지 않는 것을 당연한 것으로 느낄 때 일상이 무료해지고 생명력을 잃는다. 하지만 어린이는 다르다. 어린이는 모든 것이 처음이다. 봄의 생명력, 여름의 활기참, 가을의 아름다움, 겨울의 눈의 낭만 모든 계절을 오롯이 다 느끼고 산다. 그렇

화기애애, 아이들과 꽃피는 날들

기에 어린이는 살아있는 것이다.

어쩌면 어른이 된 내가 봄, 여름, 가을 겨울 주제로 어린이에게 아무리 무엇인가를 가르쳐도 어린이가 느끼는 것만 못할 수도 있다. 진정 아는 것은 배우는 것이 아니라 느껴야 하는 것이다. 우리는 어린이에게 배워야 한다. 씨를 뿌리고, 싹이 트고, 꽃이 피고, 열매가 되는 과정을 알려주기 전에 그 계절을 먼저 느껴야 한다. 느끼지 않고 전달하는 것은 진정 가르치는 것이 아니다. 교실에서 씨앗의 성장을 순서대로 알려주기 전에, 야외로 나가 햇살을 느끼고 계절 속에 살아있음을 느끼는 상호작용의 시간이 더 중요하다.

계절을 온전히 느끼며 틈틈이 행복해지는 삶의 태도는 어린이가 오히려 어른보다 한 수 위인 것 같다. 그렇기에 우리는 어린이를 가르치는 존재라기보다는 그들과 함께 배워나가는 존재가 아닐까? 어린이는 때로 어른이 잃어버리고 산 것을 다시 일깨워 주는 고귀한 존재이다.

삶의 고귀함이란 높이만큼 깊이를 품은 것. 진정 고귀한 어른이 되고 싶다면 어린이가 배우는 삶의 깊이를 잴 수 있어야 한다. 깊이를 알고 함께 깊어지는 것이 진짜 어른이다. 나는 어른인 척 가르치는 어른이 아니리 진짜 어른이 되고 싶다. 깨어있는 어른이 되기 위해 낮은 자세로 어린 스승에게 묻는다.

"오늘은 어떤 계절을 느꼈니?"

풀꽃 아이의 수줍은 고백

'다정다감 꼬마 시인들과 함께하는 감성 놀이터'라는 방과 후 공모사업 활동으로 아이들과 야외에서 동시 짓기를 하였다. 첫 번째 활동은 나태주 시인의 「풀꽃」 동시를 개작해 보는 것이었다. 풀꽃 같은 아이들과 야외로 나가 풀꽃 찾기를 하고 동시 짓기 활동을 시작하였다.

"세상에는 자세히 보아야 예쁘고, 오래 보아야 사랑스러운 것이 참 많지. 너희들이 아는 세상의 사랑스러운 것은 또 무엇이 있을까?"

"하늘도 그래요! 하늘을 올려다보면 하늘이 풀꽃만큼 예뻐요."

"개미도 그래요! 개미가 과자 부스러기 들고 가는 모습 너무 귀여워."

"소라 껍데기도 예뻐. 소라 껍데기를 귀에 대면 바닷소리가 들리는 것 같아요."

"그럼, 친구들이 생각한 것을 글이나 그림으로 적어 보자. 틀려도 괜찮아. 정답은 없어. 생각하는 모든 것이 다를 수 있단다."

한 아이가 수줍게 미소를 지으며 고개를 갸우뚱한다. 선생님 보지 못하도록 작은 손으로 가린 채 무언가를 적는다. 잠시 후, 아이는 조심스럽게 내 어깨를 톡톡 건드렸다.

"선생님 다 했어요."

수줍은 미소 뒤로 보인 마지막 한 구절은 내 심장에 '쿵' 하고 사랑의 울림을 주었다.

화기애애, 아이들과 꽃피는 날들

"선생님 사랑도 그렇다."

이 짧은 한마디에 내 심장이 핑크빛 사랑으로 물드는 것 같았다. 단한 마디의 아름다운 글로 이런 벅찬 감동을 선물하는 아이들이라니! 나의 존재를 빛나게 해주는 그 순수한 마음, 아이의 빛나는 미소에 물들어버리는 순간! 이것이 바로 내가 아이들을 사랑할 수밖에 없는 가장 큰이유이다.

어른이 되면 마음을 표현하는 것이 가장 어렵다.
고맙다. 미안하다. 네가 있어서 다행이다. 괜찮다. 사랑한다.

이 말들은 어쩌면 가장 단순하고도 '힘이 센 말'이다. 가장 무겁고도 표현하기 어려운 말이다. 가족들에게 사랑한다고 말해본 것이 언제였던가? '가족끼리 그러는 것 아니지.'라는 우스갯소리 뒤에 숨긴다. 가장 당연한 마음조차 말로 표현하는 것을 쑥스러워하는 것이 어른의 모습이다.

풀꽃처럼 웃고 있는 아이의 예상치 못한 고백, 그 순수한 진심이 마음을 울린 시간이었다. 이토록 아름다운 시와 같은 고백을 받아 본 것이언제였던가? 임팩트 있지만 짧고 순수하게 상대방의 마음을 울리는 법.가끔은 이렇게 아이들이 선생님의 삶의 스승이 되는 경우가 있다. 나태주 시인은 '시가 인생이고 인생이 시'라고 하였다. 어린이는 짧지만 단조롭고, 운율과 순수함의 미학이 있는 텍스트를 가진 이미 시인이다.

시인에게 필요한 것은 삶을 아름답게 바라보는 '심미안'이다. 슬프게도 어른들이 되면 가장 빨리 잃어버리는 것이 '심미안'인 것 같다. 매일 반복되는 단조로운 일상에서 아름다움을 찾는 것은 '사치'라고 생각한다. 익숙함에 대한 감사를 잊어버리기도 한다. 하지만 아이들의 경험은 모두 새롭고, 설렘 가득하고, 감사함이 가득하다.

가끔 머리가 복잡할 때 아이들처럼 '풀꽃 마음'으로 '풀꽃 고백'을 건네는 아름다운 용기를 가져보는 건 어떨까? 수줍은 풀꽃 같은 아이들의 진심 어린 언어의 씨앗이 우리의 마음에도 싹트면 좋겠다. 어른에게 필요한 것은 불만을 토로하는 용기보다, 어쩌면 따뜻하고 좋은 언어를 전달하는 지혜인지도 모른다.

숲에서 함께한 비움의 시간

아이들과 숲을 갔다. 내가 견학에 동행하는 이유는 아이들과 함께 숨 쉬고 호흡하기 위함이다. 교사는 아이들 속에서 살아 숨 쉬어야 한다. 하지만 많은 행정 업무와 해야 할 일 산더미 속에서 일에만 몰두해야만 할 때도 많다. 행정 공문과 계획의 틀 속에서 답답함을 느끼고, 이어지는 행사 준비로 바쁜 시간을 보내다 보면 쉽게 지치곤 한다. 이는 아이들의 마음을 섬세하게 알아차릴 여유마저 빼앗아 소진으로 이어진다. 이처럼 '채워짐'의 시간이 극에 달하기 전에, 의도적으로 '비움'의 시간을 갖는 것이 중요하다. 아이들과 함께한 숲에서 숨 쉬고 호흡한 내 시간의 의미를 새겨보았다.

아이들과 부르는 아름다운 동요

아이들과 있을 땐 늘 노래를 함께 부른다. 매달 배우는 동요를 부를 때, 나의 입 모양, 손동작, 눈빛 하나까지도 놓치지 않고 나를 바라본다.

함께하는 아이들을 보고 있노라면 나 또한 그 동요 속의 가사처럼 삶에 스며 들어감을 느낀다.

"나는 네가 있어 참 좋아. 함께 있어 정말 행복해."

감탄과 관심

함께 감탄하며 세상 작은 것에 관심 가지려고 노력한다. 사랑과 관심이 가장 큰 에너지원인 아이들은 교사의 '눈길과 언어'를 통해 성장하기 때문이다.

"이게 뭐야? 정말 멋지다! 그렇게 생각했구나!"

'과정'에 관한 관심은 동기 유발이 되어 아이들만의 새로운 말과 행동을 이끈다. 숲에서 찰흙과 자연물을 이용해 각자의 얼굴을 표현한다. 그리고 교사에게 보여준다.

"선생님! 선생님의 얼굴을 표현했어요."

자연에서 소중한 것을 생각하여 연결하여 표현하고, 공유하는 모습. 자연물과 사람, 아이들의 순수한 생각이 만나 숲에서 어우러지는 '자연

의 평화'가 느껴진다. 반짝이는 눈빛의 아이들을 바라보는 교사의 마음
에도 평화가 찾아온다.

작은 것에 대한 소중함

숲에서 기어다니는 작은 애벌레에 대한 호기심은 교사의 '관심'으로
생명에 대한 소중함으로 확장된다. 아이들에게 본보기가 되는 나의 모
습을 의식하면, 교사로서 교육적 품격을 한 번 더 생각하게 된다.

"애들아, 곧 나비가 될 준비를 하는 애벌레를 우리가 보호해 주자."
"그럼, 집 만들어 줄까요?"

아이들은 갑자기 협동하는 개미가 된 것처럼 부지런히 자연물을 모아
집을 만든다. 애벌레가 좋아하는 나뭇잎 침대, 다른 곤충이 오지 못하게
막는 돌 담벼락, 에너지 보충을 위한 영양간식 열매를 가져다 놓는다.
그리고 한 아이가 조용히 하라는 신호를 보내며 말한다.

"쉿! 이제 조용히 해야 해. 애벌레가 나뭇잎 침대에서 잠들 시간이야."

그 짧은 시간에 함께 생명을 소중히 다루는 방법을 가르쳐 주지 않아
도 아이들은 이미 알고 있다. '애벌레 집 만들어 주기'라는 짧은 활동을

통해, 아이들은 작은 생명체를 위해 좋은 일을 함께 해냈다는 뿌듯함이라는 열매가 분명 맺었을 것이다.

그네 도전을 배우다

아이들은 그네를 좋아한다. 하지만 우리가 간 숲에는 그네가 두 대밖에 없었다.

"그네가 두 대밖에 없는데, 어떻게 하면 좋을까?"

교사는 질문만 던진다. 그리고 답을 찾아야 탈 수 있다. 아이들은 친구들 사이에서 어떻게 타야 공평한지 생각한다. 위험하니까 그네 앞쪽으로 가지 말아야 한다는 규칙을 만들고, 차례차례 다섯 번에서 열 번씩 타고 양보하기로 한다, 물론 더 타기 위해 갈등도 빚어지지만, 그런 시간을 통해 자연스럽게 아이들은 함께하는 법을 배운다.

"애들아! 이 숲속 그네는 앉아서도 탈 수 있지만 서서도 탈 수 있어."

조금만 방법을 바꾸고 교사가 안전하게 도와주니 아이들은 하나둘 도전해 본다. 앉아서 타는 느낌, 서서 타는 느낌. 즐거운 느낌도 방법에 따라 달라질 수가 있다는 것을 놀이 통해서 배웠겠지? 여섯 살 된 아이가 세상을 처음 살듯이 중년인 나도 이 나이를 처음 경험한다. 그러니 서툰 것이 당연할 수밖에 없다. 아이를 대하듯, 자신의 서듦에도 너무 인색하게 굴지 않고 다독이며 새로운 것에 두려워 말고 도전해 보아야겠다는 다짐을 해본다.

동심으로 비우며 놀다

가위바위보, 단순한 놀이 하나가 이토록 즐거운 일인가? 규칙을 이해하지도 못하고 아무렇게나 손을 펴서 내는 서툰 모습이 귀엽다. 나는 웃고, 왜 웃는지 모르는 아이는 옆에서 웃으니까 그냥 따라 웃는다. 규칙으로 짜인 삶에서 잠깐 벗어나면 이토록 일상이 즐겁다. 때론 의도적인 '행복한 바보'가 되는 비움도 필요함을 깨닫는다,

품어준 숲에게 감사를 표현하다

짧은 시간이라도 자연이라는 공간 속에서 무료로 이 많은 것들을 즐기고 누릴 수 있다니 얼마나 감사한 일인가?

"숲아, 고마워~ 다음에 또 올게!"

항상 마지막 활동이 끝나면 이 말을 함께한다. 숲은 자연에서 있는 그대로 우리를 품어준다. 계절이 바뀌면서 다른 모습으로, 해가 거듭되면

더 울창한 숲으로 그 자리에 있다. 삶도 그렇다. 삶이라는 큰 숲에서 내가 있는 그대로의 일상을 느끼고 살아갈 수 있는 시간이 얼마나 감사한가? 아쉽게도 삶은 지나가면 '다음에 또 올게.' 할 수 없다. 두 번 살 수 없으니 한 번뿐인 이 시간이 얼마나 더 소중한가?

의도적인 비움은 아이들과 함께 있으면서 또 다른 깨달음으로 돌아온다. 초록의 싱그러움, 자연의 향기, 자연물의 감촉, 시원한 바람과 함께 아이들의 웃음소리가 숲의 메아리 되어 어우러진다. 그 소중한 시간에 대한 깊은 의미가 또 내 삶의 일부로 고이 새겨진다. 내가 아직 발견하지 못한 또 다른 행복이 존재할지도 모른다는 기대감에, 이 삶을 더욱 깊고 정성스레 들여다본다.

화기애애, 아이들과 꽃피는 날들

"나무 스스로가 자른거예요"
선택과 집중을 통해
큰 나무가 되어 숲을
지키는 삼나무처럼
곧고, 높게, 건강하게
현명하게 살아가는
내가 되길..
- 제주 사계절
행복 스케치
中 에서 -

아이들의 아이스크림 철학

에릭슨의 심리사회학적 발달 단계에 따르면, 영유아 시기는 '자율성과 주도성'이라는 발달 과업이 중요한 시기이다. 특히 학령 전기, 즉 유치원 시기에는 목적의식을 가지고 주도적으로 해결하려는 능력을 기르는 것이 중요하다. 이러한 발달의 원리를 적용하여 원내 연령별 특색 행사를 계획하여 진행하고 있다.

"선생님. 내년에 학교에 가야 하는데, 혼자 건널목을 건너고 학교에 갈 수 있을지 걱정이 됩니다. 유치원에서는 선생님들이 곁에 계시는데, 아이를 세상 밖으로 어떻게 보내야 하나 불안합니다."

학부모님의 이러한 고민을 곰곰이 생각해 보았다. 나 또한 아이를 키우는 부모로서, 부모가 자녀를 바라보는 염려는 결국 같을 것이라는 데 공감했다. 이러한 고민을 하던 중, 여섯 살 이었던 내 아이와 함께 주말

체험 활동을 갔다. 야외 미로 찾기 활동에 참여하는데, 미로마다 '미션 활동'이 있었다. 미션을 수행할 때마다 성취감에 기뻐하는 내 아이의 모습을 보고, '미션임파서블' 행사를 고안하게 되었다.

우리 동네 지역 사회를 찾아가며 작은 성취 경험을 주는 미션임파서블 활동! 미로 찾기 게임을 하듯 일상 속 미션을 수행하며 아이들이 주도하는 활동이다. 4월에는 꽃집, 6월에는 마트, 9월에는 떡 가게, 12월에는 우체국 등 다양한 지역 사회와 연계한 활동이 진행된다. 열 명이 한 조가 되어 조장과 조원이 함께 동네 곳곳을 찾아간다. 선생님은 '암행어사'가 되어 안전 도우미의 역할을 한다. 아이들은 자체적으로 만든 미션 그림지도를 찾아 이동하여, 코너마다 미션을 주도적으로 수행한다. 반응은 성공적이었다.

조장을 기준으로 한 줄 기차로 이동한다. 조원과 협력하여 미션을 수행하는 것에 설렘 가득하다. 매 코스마다 미션을 수행한다. 미션지에 도장을 찍을 때마다 아이들의 성취감도 레벨업이 된다. 7월의 미션임파서블은 '마트를 찾아서'였다.

"오늘 나는 청양고추를 사 올 거야. 우리 엄마가 고추를 좋아하거든."
"나는 콩나물, 엄마가 콩나물국 해주신대."

마트에서 구입할 목록을 나누는 아이들의 모습이 참 사랑스럽다. 활동이 시작되고 조원과 함께 첫 코스 마션을 수행하고 지도를 보고 또 다른 코스로 이동한다. 골목길에서 차가 오면 어떻게 하는지 직접 실전 연습도 한다. 건널목을 건너고, 동네 어르신께 인사도 한다. 하지만 지구 온난화로 부쩍 더워진 날씨. 짧은 코스이지만 7월의 날씨는 더위로 인해 걸어가기가 쉽지 않다. 구슬 땀방울을 흘리며 걷던 아이들이 하나둘씩 친구에게 말한다.

"그런데 오늘 너무 덥다. 더워서 힘들어."
"우리가 물을 낭비해서, 지구가 화가 났나 봐."
"빨리 에어컨 있는 곳으로 가고 싶어."

하지만 걸어가야 할 길이 꽤 남았다는 것을 알자, 한 아이가 큰 소리로 말했다.

"애들아, 그럼 우리 시원한 아이스크림 생각하며 걷자."

교사가 먼저 해결책을 제시하기 전에 아이들이 스스로 찾아낸 해결책이 바로 정답이다. 더위는 어쩔 수 없으니 좋은 것을 생각하며 걸어가자는 아이의 말이 참으로 대견하게 느껴졌다.

"아! 그래 정답이네. 선생님은 시원한 아이스아메리카노 마시는 상상을 해야겠다. 시럽은 두 번 넣고 달콤하게 먹어야지! "

교사의 말에 아이들은 저마다 자신이 좋아하는 아이스크림 이름을 외치기 시작했다. 그 순간, 걸어가는 길의 땀방울은 어느새 '웃음 방울'로 바뀌어 버렸다.

교사도 사실 직장인이다. 직장인이기에 주말을 기다리며 한 주가 빨리 지나가기를 바라는 것도 사실이다. 하지만 평일의 피로와 성취가 높을수록 주말의 휴식은 더욱 달콤해진다. 그날, 아이들이 더위 속에서 스스로 찾아낸 '아이스크림 철학'은 나에게 일상의 달콤한 울림을 주었다. 단순히 달콤한 휴식을 기다리는 것을 넘어, 지금, 이 순간의 어려움을 긍정적인 상상을 통해 내면의 힘을 극복하려는 '순수한 주도성' 발현이 목격되는 순간이었기 때문이다. 우리는 아이들에게 많은 것을 가르치려 하지만 아이들은 고단한 어른이 일상에서 잊고 살았던 본질적인 삶의 지혜를 일깨워 주는 존재가 되기도 한다.

때로는 숨이 턱 막히는 버거운 현실 앞에서도, 아이들처럼 마음속 '아이스크림'을 꺼내어 들고 웃을 수 있는 용기를 배우고 싶다. 매일 평범한 일상에서 작은 행복 미션을 찾아내고, 성취감을 느끼며 자라나는 아이들의 모습을 본받고 싶다. 아이들은 어른에게도 일상의 달콤하고 시원한 '아이스크림' 같은 존재가 아닐까? 아이들 덕분에 나는 오늘도 고되고 힘든 길에서 마음속 시원한 아이스크림을 떠올리며 긍정의 에너지를 충전한다.

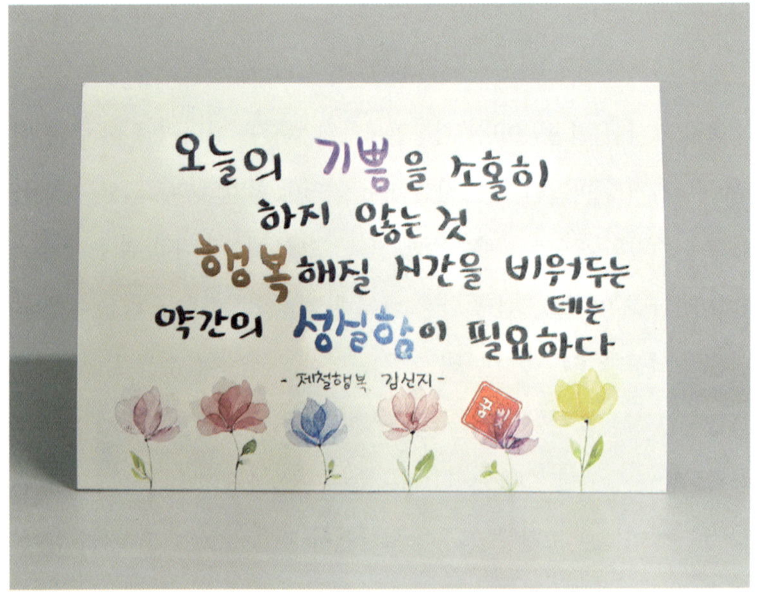

소확행을 발견하는 작은 눈빛

아이들의 일상은 '소소함'과 깊이 연결되어 있다. 그래서 '소소함'의 다양한 의미에 대해서 자주 고찰해 보는 편이다. 소소한 생활, 소소한 환경, 소소한 이야기, 소소한 사람들, 소소한 자연 등. 그 소소한 소중함의 의미를 찾으며 소소하게 기록하려고 노력하는 것이 요즘의 일상이다.

한 아이가 함박웃음을 지은 채 등원하며 나에게 무언가를 꺼내어 보여주었다. 마치 아침부터 행복의 보물이라도 찾은 듯한 표정이었다. 꼭 쥐고 있던 아이가 손을 펼치자, 그 안에는 '아주 작고 작은 단풍잎'이 있었다. 여름에 작고 작은 단풍잎이라니. 단풍잎이 작은 아이의 손안에서 웃고 있는 모습이 너무나 사랑스럽다.

"너를 닮은 정말 작고 귀여운 단풍잎이네!"

아이는 작은 단풍잎에 대한 소중함이 더해졌는지, 단풍잎을 한 손에 꼭 쥔 채, 신발을 벗으려 애쓴다. 다섯 살 아이가 한 손으로 신발을 벗는 것이 쉽지 않다. 그 작은 것을 놓치지 않으려는 아이의 모습이 더없이 사랑스러웠다.

"선생님이 잠깐만 가지고 있을게, 신발 먼저 정리하렴."

아이는 얼른 신발을 벗고, 그 작은 단풍잎을 소중히 손에 쥔 채 평소보다 더 활기찬 걸음을 교실로 향했다. 걸어가는 작은 뒷모습을 보며 생각해 본다.

작은 단풍잎 에피소드는 나에게 행복이란 무엇인가에 대한 깊은 질문을 던져주었다. 우리는 종종 크고 특별한 순간에만 행복을 찾으려고 애쓰지만, 아이들은 매 순간 자신의 '발아래 반짝이는 보석'을 발견한다. 다섯 살의 작은 손안에서 빛나는 단풍잎은 어른들의 눈에는 그저 흔한 자연물에 불과했지만, 아이에게는 그날에 가장 빛나는 보물이었으리라. 세상에 있는 그대로를 순수하게 바라보는 마음, 몰입하여 관찰하는 힘, 작은 것도 지나치지 않고 소중히 여기는 마음. 이러한 마음이야말로 복잡하고 빠르게 변화하는 세상에서 자신만의 행복을 발견할 강력한 힘이 되리라 생각한다. 교사로서 내가 해야 할 일은 본연의 순수한 몰입을 지켜보고, 더 큰 행복을 찾을 수 있도록 돕는 것이다.

영유아기 시기는 소소한 행복을 통한 깨달음이 삶의 뿌리가 되는 중요한 시기이다. 아이들은 반짝이는 눈을 통해 '작은 것에서 행복을 찾는 능력'을 재발견하게 한다. 나 또한 잊고 있었던 내면의 '어린아이'를 만나는 귀한 시간을 경험하게 된다. 아이들 덕분에 나는 오늘도 삶의 의미를 다시 정립하며, 다가올 '소확행'이 어떤 깨달음을 선사할지 기대한다.

아름다움을 만들어 가는 여정

아이들에게 그림은 또 다른 언어의 형태이다. 순수한 눈으로 바라보는 마음이 투영된 아름다운 세상 그 자체이다. 하지만 그림을 그리는 과정에는 눈과 손의 협응, 대·소근육 발달, 사물을 관찰하는 탐구심과 호기심, 그리고 대상을 기억하고 표현하기 위한 여러 과정이 총체적으로 어우러져야 한다. 그렇게 점 하나를 찍고, 선 하나를 긋고, 팔과 다리를 표현하며 변화해 가는 모든 과정은 깊은 감탄을 자아낸다. 그림 속에는 아이들의 소중한 발달 여정이 고스란히 담겨 있기 때문이다.

아이들과 자연에서 가져온 나뭇잎을 관찰하고, 자신만의 방식으로 표현히는 여정에도 충분한 시간이 필요하다. 오감각을 통해 나뭇잎을 온전히 느끼고 표현하는 과정을 반복해야만 비로소 아이들의 고유한 나뭇잎 그림이 완성되기 때문이다.

“냄새를 맡아볼까? 어떤 냄새가 나니?”

“초록 향기 냄새요, 숲 냄새요.”

“그럼, 눈으로 자세히 관찰할까?”

“이상한 그물 같은 것이 있어요.”

“그걸 잎맥이라고 해. 나무가 자라기 위해 먹는 물은 미로 같은 잎맥을 통해서 통과하는 거지.”

“와, 미로 찾기 재미있겠다.”

“그럼, 나뭇잎을 만져볼까?”

미끌미끌, 꺼칠꺼칠, 반들반들, 뾰족뾰족 나뭇잎의 촉감을 느껴보는 데도 한참이 걸린다. 눈으로 보고, 냄새 맡고, 소리도 상상해 본다. 어떤 열매는 맛도 본다. 만져보는 충분한 시간은 자연과 새로운 마주침을 선물한다. 이러한 마주침이 쌓이면 아이들의 내면의 메시지를 발견하게 되고, 역동적 창조성이 발휘될 수 있다. 그러므로 아이들의 이야기에 귀 기울여 듣고 그들의 잠재력을 기대할 수 있는 능력은 교사의 가장 중요한 자질이기도 하다. 아이들이 각자의 눈으로 함께 탐구한 여정의 결과는 놀라웠다.

　그 과정을 알기에 아이들이 자신만의 방식으로 표현되는 역동적 변화는 새로운 감탄과 깨달음을 선물해 주었다. 작은 마주침이 누적되어 그려낸 아이들의 그림들이 하나의 작품으로 탄생하는 과정은 그 자체로 예술이었다. 그곳에는 어느 하나 똑같은 그림이 단 하나도 없었다. 자신이 좋아하는 자연물을 관찰하고 표현하고 함께 감상하는 과정을 통해 아이들은 무엇을 느끼고 경험했을까?

　아름다움을 그저 소비하고 소유하는 것과 자신의 힘으로 아름다움을 만들어 가는 과정은 완전히 다르다. 아름다움을 만들어 가는 과정을 통해 얻는 '아름다움을 이해하는' 차원은 훨씬 깊고 풍부하다. 결과보다는 과정을 중시하는 시선이 담겼기에 아이들의 손길 하나하나가 더욱 가치 있게 느껴지는 것이다. 복도에 걸려있는 작품을 본 아이들의 반응은 다채로웠다.

"이거는 내 나뭇잎이야."

"이건 내 꽃이다."

"진짜 아름답다. 선생님 너무 예뻐요."

아이들의 모습은 미술관에서 훌륭한 그림을 감상하는 것과 같았다. 반짝이는 시선으로 자신의 그림을 바라보는 아이들의 뒷모습조차 아름다웠다. 나뭇잎을 본 아이는 점차 나무를 보고 숲을 보게 되며, 꽃을 본 아이는 세상의 아름다움을 발견하게 된다. 물고기를 자세히 들여다본 아이는 수족관을 넘어 넓은 바다의 품을 상상하게 된다고 한다. 어쩌면 우리가 매일 함께하는 이 작은 마주침이 누적되면 상상할 수 없는 일들이 펼쳐질지도 모르는 일이다. 이처럼 매일 새로운 것을 창조하며 놀이에 지칠 줄 모르는 아이들을 볼 때마다 떠오르는 시가 있다. 바로 로리스 말라 구찌의 「100가지 언어」이다.

어린이는 100가지로 이루어져 있습니다.
100가지의 언어, 100가지의 손, 100가지의 생각, 100가지의 생각하는 방법
100가지의 놀이하는 방법, 100가지의 말하는 방법을.

영유아 교육 현장을 아는 사람이라면, 이 말들이 단 하나도 틀리지 않는 진실임을 깊이 공감할 것이다. 하지만 '100가지 언어'를 온전히 발견

하기 어려운 현실적인 장애가 존재한다. 바로 교사 대 아동 비율, 열악한 교사의 처우, 원의 철학과 실세적인 교육 현실과 같은 외부적인 조건들, 그리고 교사의 시선과 역량이라는 개인적인 조건들이 바로 그것이다. 영유아 교육의 현실은 결코 쉽지 않기에 '이상적인 원의 조건과 교사의 역량은 무엇일까?' 끊임없이 고민하게 된다. 이러한 현실적인 어려움 속에서도 아이들의 '100가지의 언어'를 발견하려 애쓰는 교사가 있기에, 영유아 교육 현장은 언제나 희망의 싹을 틔울 수 있다고 믿는다. 아름다움을 만들어 가는 교육의 여정에는 아름다운 교사가 있다.

순수한 눈빛이 발견한 느림의 미학

'달팽이 학교는 선생님이 매일 지각한다.'

도서관에서 우연히 만난 동화책『달팽이 학교』. 첫 장면을 넘기자 절로 피식 웃음이 나왔다. '매일 지각을 해도 괜찮은 달팽이 학교, 나도 가고 싶다. 두 번째 장에는 교장 선생님은 더 늦게 오신단다! 어쩜 이렇게 익살스럽고 사랑스러운 표현을 쓸 수 있을까! 달팽이 학교에서는 똥이 마려워 전속력으로 가도 복도에 똥을 싸기가 일쑤이다. 풀잎 기저귀를 찬다는 묘사까지도 너무나 사랑스럽다.

이렇게 매력적인 시 그림책을 만나 논문의 주제를 명확히 잡을 수 있었다. '시 그림책을 활용한 심미적 접근 활동이 유아 행복 플로리시와 문해력에 미치는 영향'이다. 『달팽이 학교』가 논문 프로그램의 첫 활동 계획안이 되었다. 불철주야 많은 시간을 투자해 연구하였다. 프로그램 개발 과정 및 문헌 고찰, 교안 작성까지 무려 6개월이 걸렸다. 이론적 배경을 세우고, 프로그램 개발 절차를 다듬고, 검사 도구를 신중히 선정하고, 18차시 교안을 완성한 뒤 사전 검사를 하였다.

드디어 실험 연구의 첫 번째 시간을 맞이하게 되었다. 심미적 매체, 심미적 언어, 예술·융합 활동을 토대로 진행되는 활동은 기존의 활동과 목표 설정부터 달랐다. 단순한 문학적 접근 활동이 아니라 동화 속의 진정한 가치를 발견하는 것이 목표였다. 빠르게 변화하는 시간 속에서 '느림의 미학'을 발견하고, 새로운 관점으로 세상을 바라보게 하는 것. 보이지 않는 아름다운 가치를 학술적으로 증명해 내고 싶었다.

"선생님이 지난 주말에 새벽 혼자 공원을 산책하고 있었단다. 아무도 없는 공원의 고요함과 햇살이 내리쬐는 모습이 편안하고 아름다웠지. 새벽 풀잎에 있는 투명하게 구슬처럼 맺혀있는 아침 이슬과 초록 나뭇잎 사이에 숨바꼭질하고 있는 새, 호수 위를 미끄럼 타고 있는 오리도 있었단다. 그런데 풀숲 사이 바닥에 무엇인가 움직이고 있었지."

심미적 접근의 원리인 심미적 언어를 사용하였다. 교사가 창안한 내러티브에 아이들은 진지한 눈빛으로 몰입하였다. 어떠한 매체도 사용하지 않고 오직 교사의 이야기 속에 빠져드는 마법의 순간. 아이들은 '무엇일까?’ 하고 호기심 가득한 얼굴로 유추하기 시작했다. 아름답게 움직이는 달팽이 심미적 영상 매체 자료를 보여주자, 순수한 감탄의 표정이 쏟아져 나왔다.

“달팽이가 너무 아름답다.”
“나도 저런 달팽이를 본 적이 있어.”
“달팽이 키우고 싶다.”

심미적 매체와 언어를 통해 자연스럽게 달팽이에 몰입하기 시작했다. 『달팽이 학교』 시 그림책을 들려주었다. 작은 숨소리와 반짝이는 눈빛만이 교실에 맴돌아 동화 속에 빠져들어 있는 느낌이 들 정도로 진지했다.
“달팽이 학교는 모든 것이 느리지? 1등만이 좋은 것이 아니야. 느려도 아름다운 것들이 참 많단다. 너희들이 생각하는 ‘느려도 아름다운 것’은 무엇이 있니? 함께 생각해 볼까?”

아이들이 생각한 이야기는 내가 기대했던 것 이상이었다.

유아 1 : 지구는 느리게 돌아야 해요. 아니면 우리가 빨리 나이 드니까요.

유아 2 : 느리게 돌아가는 회전목마요. 놀이동산에 회전목마는 천천히 돌아야 예쁘
잖아요. 밤에 불도 반짝반짝하고요.

유아 3 : 시계도 느리게 돌아가야 해요. 시계가 빨리 움직이면 우리가 시간을 못 보고
밤낮이 빨리 바뀌잖아요. 그럼 눈 한 번 감고 떠서 유치원 와야 해요. (웃는다)

유아 4 : 천천히 사라지는 무지개요. 무지개는 잘 볼 수 없으니 오래 보고 싶어요. (맞아)

유아 5 : 나비가 꿀을 먹고 있는 모습도 느리지만 예뻐요. 너무 빨리 먹으면 나비가
체하고 배가 뚱뚱해지니까요. (모든 아이가 까르르 웃는다)

유아 6 : 여행 갔을 때 시간이 느리게 가면 좋겠어요. (나도 그래)

유아 7 : (창밖을 가리키며) 색깔 옷을 갈아입는 나뭇잎이요. 가을이 천천히 가면 좋겠
어요.

유아 8 : 다리 아픈 친구들과 함께 천천히 걷는 친구의 뒷모습도 예뻐요.

유아 9 : 삼겹살도 느리게 구워야 해요. 너무 빨리 뒤집으면 맛이 없어요. (하하하)

유아 10 : 숲속에 나무도 보이지 않지만, 천천히 자라고 있잖아요.

아이들의 모든 언어가 한편의 느림의 미학 사전 같았다. 연구자인 내
가 생각조차 못 했던 아이들의 표현에 감탄할 수밖에 없었다. 실험 연구
첫 시간부터 '주객전도'가 된 느낌이었다. 내가 아이들을 실험하는 것인
지, 아이들에게 내가 실험당하는 것인지 혼동될 만큼 아이들의 언어는
큰 울림을 주었다. 느리게 돌아가는 회전목마를 생각하면서 행복을 찾
고, 다리 아픈 친구와 함께 천천히 걷는 친구의 우정 어린 뒷모습을 발

견하는 아이들, 삼겹살을 구울 때 부모님이 적당한 때를 뒤집어 자기 입에 들어가는 순간을 포착하고 마음에 담아두는 아이들, 창밖에 나뭇잎들이 천천히 떨어지는 것을 아름답게 포착하는 아이들, 가을의 아름다움을 놓치고 싶지 않아 천천히 가을이 갔으면 좋겠다고 생각하는 아이들, 달이 변하는 모습도, 시간이 흘러가는 느낌도 모두 다 아이들은 느끼고 있었다. 그리고 마지막 한 아이가 조용한 꺼낸 한마디.

'나무도 보이지 않지만 천천히 자라고 있어요.'

그 한마디에 마음이 먹먹해졌다. 보이지는 않지만 어른인 나도, 아이들도 저마다의 속도로 천천히 자라는 중이라는 것을. 그러니 달팽이 학교처럼 느리다고 슬퍼할 필요도 없고, 재촉할 필요도 없다는 것을 깨달았다.

삶의 가장 아름다운 성장이라는 것은 눈에 띄지 않는 곳에서 자신만의 호흡으로 채워가는 한 걸음에 존재하는 것이다. 교사는 어쩌면 가르치기 위해서 배우고, 또 배우면서 아이들과 함께 성장하는 존재가 아닐까? 아이들이 순수한 마음으로 발견한 진리처럼 '함께 배운다'라는 겸허한 자세로 살겠다고 다짐한다. 우리는 모두 각자의 속도로 잘 살아가고 있다. 달팽이가 느려도 절대로 늦지 않다. 천천히 자신만의 계절 속에서 각자의 아름다운 속도로 걸어가면 되는 것이다.

화기애애, 아이들과 꽃피는 날들

느림의 미학

작사: 정현진
작곡 AI SUNO

작사: 피아제반
작곡 AI SUNO

심미안으로 피어나는 배움의 행복

"선생님과 함께하는 이 수업은 천국 가서도 하고 싶어요."

두 번째 석사 논문인 '시 그림책을 활용한 심미적 접근이 유아 행복 플로리시와 문해력에 미치는 영향'을 위한 실험이 한창이던 어느 날, 한 아이가 혼잣말처럼 던진 이야기였다. 예상하지 못한 고백에 절로 웃음이 터져 아이에게 다가가 물었다.

"천국에 가서도 하고 싶다고? 그게 무슨 말이야?"
"음…. 그냥 뭔가 마음이 너무 행복해져서 계속하고 싶다는 이야기예요."

타인의 이야기보다 자신의 이야기를 더 많이 하는 남자아이. 나는 이 문장을 듣는 순간 깨달았다. 행복에 미치는 논문의 효과성 검증이 이 한 마디로 충분하다는 것을! 행복 플로리시 사후 검증 통계를 돌리지 않아

도 될 만큼, 아이들의 언어 속에는 이미 내 연구의 효과가 증명되는 보
석 같은 단어들이 쏟아져 나오기 시작했다.

"선생님과 함께하는 활동 시간이 기다려져요. 그냥 아름다운 시간이
에요."
"할머니 할아버지가 되어서도 하면 좋겠어요. "
"학교 가서 못 하는 게 너무 슬퍼요."
"선생님은 우리의 이야기를 잘 들어주니까, 자꾸 하고 싶어져요."

3개월간 실험 기간이 끝나고 질적 연구 분석을 통해 쏟아져 나온 아이
들의 이야기는 내 논문의 굳건한 핵심이 되어주었다. 해냈다. 내가 검증
하고 싶었던 것은 행복의 양적수치가 아니라, 과정 속 아이들의 생생한
이야기였다. 그 이야기가 좋은 결과로 검증을 받았다니 그보다 더 행복
할 수가 없었다.

두 번째 석사 논문은 그야말로 우여곡절의 연속이었다. '석사 논문을
두 개 쓸 것이면 왜 박사를 가지 않았느냐?', '학비와 시간 낭비지 않느
냐?'라는 주변의 질문들이 있었다. 하지만 내 마음속에는 흔들리지 않
는 중심이 단단히 서 있었다. 사실 첫 논문을 13년 전 교육대학원 졸업
을 위한 논문으로 억지로 썼다. 내가 보기에도 매우 부족했고, 하고 싶

은 연구도 아니었고 그렇게 잊혀 갔다. 하지만 현장에서 오랜 시간을 보내다 보니, 학문에 대한 갈증이 스멀스멀 올라오기 시작했다. 박사를 하기에는 공백이 있었던 터라 내 실력에 대한 검증이 되지 않았다. 현장을 떠나서 공부에만 몰입할 수 있을 용기도 나지 않았다. 그래서 결심했다. 이번에는 정말 내가 하고 싶은 공부를 '돈 들여서' 해보자. 그리고 지방에서 서울까지 3년 6개월의 여정이 시작되었다.

그렇게 시작된 두 번째 석사과정은 나에게 '하고 싶은 연구'를 하는 과정이었다. 연구 주제를 정하는 과정은 길었다. 그리고 나에게 던진 첫 번째 물음은 '유아 교사로서 나의 행복에 대한 철학적 사유'였다. 교사의 행복과 관련된 논문을 탐색하던 중, 결국 교사의 행복은 유아와 깊이 연결되어 있다는 사실을 알게 되었다. 이 과정에서 행복이 일시적인 감정이 아닌, 지속적으로 '꽃 피울 수 있는' 개념인 '행복 플로리시'를 만나게 되었다. 행복이 단순히 주관적인 감정만을 의미하는 것이 아니라는 점을 깨달을수록 그 개념은 더욱 매력적으로 다가왔다. 행복을 증진시키기 위한 다양한 매개체를 찾고자 논문, 서적, 모임, 학술지 등 방대한 자료를 탐색하며 많은 시간을 보냈다. 그러던 중 도서관에서 우연히 '시 그림책'을 발견하게 되었고, 이를 어떤 교수 전략으로 활용할지 고민하는 과정에서 '심미적 접근'이라는 방법론을 알게 되었다. '심미적 접근'이 심미적 언어, 심미적 매체, 예술 융합 활동으로 교육의 아름다움을 더하는 방법론이라는 사실을 알았을 때, 내가 오랫동안 꿈꿔 왔던 이상적인 교육 방법임을 직감했다. 그렇게 발품을 팔아 도서관에서 발견한 시 그림책은 '심미적 접근'이라는 날개를 달았고, 유아 행복 플로리시와 문해력이라는 종속변인과 아름답게 연결되게 된 것이다. 그 과정에서 긍정 정서, 몰입, 관계, 의미, 성취, 강점이라는 행복 플로리시의 여섯 가지 요소를 1년간의 연구 동안 아이들과 함께 경험하며, 나 자신을 깊이 돌아보는 귀한 계기가 되었다.

이 학문의 과정은 아이들에 대한 애정과 노력, 배움에 대한 뜨거운 열정과 끈기로 이루어졌기에, 모든 순간이 더없이 의미 있는 시간이었다. 과정에서 살아 숨 쉬는 '아이들의 언어'는 내 논문에 진정한 '생명력'을 실어주었다. 나는 논리적인 증명이 필수인 '학문'이라는 다소 딱딱한 단어에, 생동감과 따뜻함을 불어넣을 수 있다는 것을 증명하고 싶었다.

세상엔 수치로 증명될 수 없는 아름다운 것들이 참 많다. 진정한 아름다움이란 매일 마주치는 것들 속에서 새로운 가치를 발견하는 일일 것이다. 보이지 않는 가치를 발견하는 중요한 일을 누군가는 해내야 하고, 나는 매일 그 일을 하고 있다. 석사과정은 끝났지만, 내 삶의 배움의 여정은 결코 끝나지 않았다. 아이들과 함께한 동안, 나는 가르친 적이 없는 것 같다. 다만 그들과 함께 배우고 성장하는 소중한 순간만 존재했을 뿐.

화기애애, 아이들과 꽃피는 날들

그리움이 남긴 보람의 열매

11월 늦가을이 되면 나무가 겨울을 맞이할 채비를 하듯. 내 마음에도 스산한 바람이 분다. 마음도 차가운데 날씨도 차다. 그날도 옷깃을 여미며 같은 걸음, 같은 시간에 출근하는 길이었다. 동료 선생님이 유치원 입구 벤치를 가리키며 말했다.

"원감님 오시기 전에 보시라고 그대로 만지지 않고 두었어요."

'음? 이게 뭐지? 누가 버려진 종이와 돌을 가져다 놓았나?'

가까이 가서 가만히 들여다보았다. 그것은 쪽지와 막대 사탕 2개와 작은 돌멩이 2개였다. 가만히 들여다보니 2년 전 졸업한 친구의 이름이 적혀있었다.

“어머나…. 이게 누구야? 어머…. 언제 왔다 갔어…. 어머 어머.”

나도 모르게 아이의 이름을 부르며 ‘어머, 어머’를 연발하였다. 먹먹하고 뭉클해지는 마음은 어느새 내 눈물샘까지 차오르고 있었다. 그 쪽지를 한참이나 바라보다 내가 없는 주말, 유치원 현관 앞에서의 일이 눈앞에 그려졌다.

2년 전 졸업을 하고 멀리 이사를 갔던 아이는 아마 유치원을 지나가다가 들렀겠지. 주말이라 내가 없을 것을 알면서도 혹시나 하는 기대했겠지. 역시나 문이 닫혀 있는 것을 보고 얼마나 아쉬운 마음이 들었을까? 그때 아쉬움을 달래줄 생각이 갑자기 떠올랐겠지. 자신이 다녀간 흔적을 어떻게라도 남기려고 하니, 엄마 가방에 쓰지 않은 봉투를 발견하고,

마땅히 메모를 쓸 공간이 없어 벤치를 책상으로 삼고 구부리고 앉아서 써 내려갔겠지. 방문했다는 것을 강조하기 위해 자신의 이름을 크게 적고, 하고 싶은 한마디 '보고 싶어요.'를 썼겠지. 또 하고 싶은 말을 더 찾다가 '보고 싶어요.'라고 한 번 더 적었겠지. 마지막으로 하트를 그리며 미소를 지었겠지. 스산한 11월의 날씨에 바람 때문에 종이가 날아갈까 봐 엄마와 함께 주변에 있는 돌멩이를 찾았겠지. 그리고 달콤한 막대 사탕을 두고 떠나면서 나를 생각했겠지.

"이렇게 두면 원감 선생님이 내가 다녀간 줄 알겠지. 이제 가자, 엄마."

지금 보이지 않지만, 아이와 부모님의 흔적이 그대로 생생하게 그려져 울컥 눈물이 났다.
시간이 지나도 나를 이토록 그리워해 주는 아름다운 천사.

중학교 선생님인 엄마는 긍정적인 마음으로 원을 믿고 지지해 주시는 분이셨다. 아이는 감수성이 풍부하고, 마음이 따뜻하며, 예쁜 말로 행복을 전해주는 천사였다. 졸업한 지 2년이 지났다. 아홉 살이 되었는데도, 누군가를 그리워하는 마음을 품고 있다니. 그리고 그 의미 있는 어른 중의 한 명이 나라는 사실에 보람과 감격이 벅차올랐다.

어머니께 연락하기 위해 카톡을 열었다. 그러다 잊고 있던 3년 전 메시지가 고스란히 남아있는 것을 발견했다. 아이와 함께 나를 생각하며 만든 쿠키 이야기와 아이의 꿈에 관한 따뜻한 내용이었다. 아이의 꿈은 원감 선생님 같은 유치원 선생님이 되는 것이라고 했다.

잊고 있었는데, 그 메시지를 보면서 다시 먹먹해졌다. 그리고 안부를 전했다.

어머니 잘 지내시죠? 우리 규연이두요?
아버님도 모두 건강하시죠?

오늘 아침 출근길
규연이의 흔적으로
특별한 하루로 기억되었어요

이 소중한 기억을
잊지 않기 위해
저의 삶의 기록장에
살포시 넣어둡니다.

오늘은 보람이라는
빛나는 선물을 받은
하루입니다.

어제 일요일 오후
근처지나가는길에 유치원에 갔었어요.

규연이가 항상 원감선생님 보고싶다
계실때가고싶은데 못가서 서운하고속
상하다. 맨날울어서 안운다고 이제는
학교도잘가고 밥도잘먹는다고 하고싶
다고 말하고싶다고 했는데 결국 일요일
저녁에 갔었어요.

담임선생님들보다
원감선생님덕분에 2년동안 잘 다녔습
니다. 2년동안 저보다 잘 키워주셔서
저희가 주말부부하면서 규연이를 키울
수 있었습니다. 잘은 모르지만 원감선생
님이 계시기에 다른분들도 아마 속으로
흘린눈물을 조금이나마 닦아내며 안심
하실수있지않을까 생각합니다. 다시한
번감사드려요.

다음번에는 꼭 얼굴뵈러갈께요. 좋은저
녁되세요 ♡♡♡

어머니께서 다시 보내주신 메시지가 내 마음을 더 먹먹하게 했다. 계실 때 가고 싶은데, 학교에 가야 하니 못 가서 속상하다고 했던 아이의 마음. 연락이라도 하면 나갔을 텐데 아쉽다. 어쩌면 일요일 나를 쉬게 하려는 깊은 배려를 위해 아쉬움을 묻어두고 갔겠지. 맞벌이 부모님으로서 속으로 흘린 눈물을 내가 닦아드려서 안심하고 지내셨다니. 이건 내가 미처 알지 못한 이야기이다. 3년이 지난 후에 고백하는 이 이야기가 이렇게 먹먹해질 수 있을까?

어쩌면 아이들을 지키기 위해 정작 내 가족을 챙기지 못한 채 채워온 시간이었다. 때로는 일상의 혹한 바람을 견디고 비를 맞으며, 묵묵히 아이들의 중심에서 지켰다. 보람이라는 이 아름다운 고백으로 돌아온 편지가 그저 감격스러울 뿐이다.

　너무도 빠르게 변화하고, 정보가 넘쳐나는 시끄럽고 화려한 세상에서 아이가 남긴 저 순수하고 진심 어린 쪽지 하나가 내게는 너무나 값진 선물이다. 누구에게 보고 싶은 존재가 된다는 것만으로 감사함에 눈물이 맺히는 그런 날이다. 진심과 진심이 통할 때 우리는 진짜 삶을 살게 된다.

화기애애, 아이들과 꽃피는 날들

겨울에도 피는 희망의 꽃

유치원 속 나의 공간 창밖으로 보이는 야외 놀이터! 점심을 먹고 난 아이들의 소리가 가득하다. 추위로 꽁꽁 언 겨울 날씨 속에 '바깥 놀이'가 고픈 아이들. 조금은 따스해진 겨울 날씨를 맞아 자유로운 날개를 펼쳐 소리를 지르며 뛰어다닌다. 반복되는 바깥 놀이라도 매일 즐거운 아이들이다. 교실에서 매일 달라지는 활동과 다르게 바깥 놀이는 사실 특별할 것이 없다. 하지만 아이들에게는 바깥 놀이가 최고의 놀이 시간이다.

"무궁화꽃이 피었습니다!"

한참을 자유롭게 뛰어놀던 소리 사이로 들려오는 낯익은 라임의 소리! 선생님이 술래가 되어 '무궁화꽃이 피었습니다.'라고 외치는 소리 사이로 아이들의 각양각색 행동과 표정이 펼쳐진다. 하나같이 다른 모습의 다른 표정으로 술래 선생님을 바라본다. 하나같이 즐거움이 넘쳐남을 느낀다.

　첫 번째 '무궁화꽃이 피었습니다.' 술래의 라임에 점점 간격이 좁아진다. 긴장감이 맴돈다. 움직일 수 없는 소리 없는 시간 속에 아이들의 입꼬리가 실룩댄다. 술래는 눈을 이리저리 굴린다. 미세한 떨림을 찾아내려 탐정이 된 듯 찾는다.

　"무궁화꽃이 피었습니다!"

　점점 술래의 등에 가까워지는 순간. 행복한 긴장감은 극에 달한다. 술래를 터치하는 순간 아이들의 함성은 겨울의 차가운 공기를 뚫고, 즐거운 비명의 메아리가 되어 울려 퍼진다. 오래도록 변치 않는 '무궁화꽃이 피었습니다.' 전래 놀이가 어떤 재미있는 장난감보다 아이들을 생동감 있게 움직이도록 만드는 이유가 뭘까? 궁금해졌다.

　"애들아! 무엇이 그렇게 재미있어? 왜 그렇게 재미있는 거야?"
　"그냥 재미있어요."
　"두근두근 긴장되어요."
　"마음껏 뛸 수 있으니까요."
　"친구랑 같이하니까 설레요."

화기애애, 아이들과 꽃피는 날들

단순한 답변이지만 가장 단순한 진리이기도 하다. 친구랑 자유롭게 뛰는 것, 두근두근 긴장되는 설렘, 그리고 이유를 달지 않아도 그냥 재미있으니까! 그리 새롭지도 않은 놀이 속에서 재미를 발견하는 특별한 감각은 아이들만이 가진 '행복의 감각'인 듯하다. 단조로운 일상에서 새로운 것을 찾는 아이들에게 어른이 된 교사도 한 수 배운다. 행복의 온 감각 세포를 깨워 일상의 작은 행복을 찾으면 삶 전체가 행복인 것을. 숨은그림찾기를 하듯 작은 행복 조각부터 찾아보아야겠다. 작은 행복 퍼즐들이 모여 채워지는 내 삶의 행복 작품이 궁금해진다.

아이들의 일상에서 웃음과 행복을 가득 품은 아이들이라는 대한민국의 무궁화꽃이 피고 있다. 일상의 작은 행복을 온 감각으로 느끼며 많이 웃고 아름답게 희망을 꽃피우거라!

아이들의 얼굴에 웃음꽃
아이들의 마음에 행복꽃
무궁화꽃이 피었습니다.
대한민국 희망이 피어납니다.

화기애애, 아이들과 꽃피는 날들

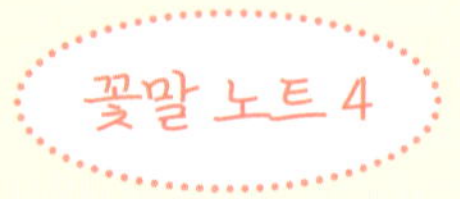

아이들의 숨결로 피운 감동의 꽃말

- **1. 봄의 언어 :** 계절을 촘촘히 느끼며 전하는 아이들의 언어. "진정 살아있음으로 매일이 신기하고 다채로운 것이다."

- **2. 삶의 고귀함 :** 배움의 깊이를 알고 함께 성장하는 것. "진정 고귀한 어른이 되고 싶다면 어린이가 배우는 깊이를 잴 수 있어야 한다."

- **3. 풀꽃 고백 :** 순수하고 진심 어린 아이들의 마음이 담긴 시와 같은 고백. "아이들처럼 풀꽃 마음으로 풀꽃 고백을 건네는 아름다운 용기를 가지면 어떨까?"

- **4. 행복한 바보 :** 규칙적으로 짜인 삶에 잠깐 벗어나 마음을 비우는 것. "아이들의 웃는 이유를 보고 그냥 따라 웃어보자. 웃으면서 행복해진다."

- **5. 다독임 :** 서툶에 너무 인색하게 굴지 않는 것. "아이도, 교사도 모두 이 나이를 처음 경험하는 것이 아닌가? 그러니 서툰 것은 당연할 수밖에 없다."

- **6. 아이스크림 철학 :** 일상의 달콤한 행복을 상상하는 것. "달콤한 휴식을 기다리는 것을 넘어, 이 순간의 어려움을 긍정적인 상상을 통해 순간을 즐기는 것이다."

- **7. 소확행 :** 작은 것에서 행복을 찾는 어린이만의 특별한 능력. "행복은 특별한 순간이 아니라, 매 순간 자신의 발아래 있는 반짝이는 일상의 보석을 발견하는 것이다."

- **8. 아름다운 성장 :** 눈에 띄지 않는 곳에서 자신만의 호흡으로 한 걸음 한 걸음 걸어가는 것. "우리는 저마다의 속도로 천천히, 그리고 분명하게 각자의 아름다운 속도로 빛나고 있다."

- **9. 참된 보람 :** 누군가에게 보고 싶은 존재가 된다는 것. "진심과 진심이 통할 때 우리는 진짜 삶을 살게 된다."

- **10. 행복의 감각 :** 새롭지도 않은 놀이 속에서 재미를 발견하는 특별한 아이들만의 감각. "행복의 감각 세포를 깨워 일상의 작은 행복을 찾으면 삶 전체가 행복이다."

꽃씨를 닮은 마침표처럼

고백하건대 내 삶의 8할은 아이들과 함께한 시간이었다.

에필로그를 남겨두고 마지막 문장을 고민하던 어느 날 새벽, 꿈결에 떠오른 문장입니다. 잠결에 눈을 감고 있는데, 저도 모르게 눈물이 뺨을 타고 흘렀습니다. 아이들과 꿈꾸는 8할의 시간이 파노라마처럼 스쳐 지나갔기 때문입니다. 아픔과 눈물, 환희와 감동, 인내와 절망, 감사와 보람, 사랑과 이별 등 표현하기 힘든 수많은 감정이 묵직하게 저를 감싸안았습니다. 그동안 저의 삶을 채워왔던 것은 무엇이었을까요?

가만히 생각해 보니 저는 교육에 진심이 아니라, 사실은 아이들에게 진심이었습니다. 교육의 목적이 기술이 아닌 대상을 위한 것이었기에 묵묵히 걸어올 수 있었습니다. 사람과 사람 사이의 '온기'가 식지 않도록 해준 것은 결국 아이들과 함께한 시간이었습니다.

화기애애, 아이들과 꽃피는 날들

꽃샘추위에서 주저앉아 울고 싶은 순간, 작은 아이들의 손길이 나를 일으켜 세웠습니다. 엄마가 되어도 엄마 역할을 제대로 하지 못하는 미안함을 토닥여 준 것은 저를 무한히 사랑하는 아이들의 마음이었습니다. 아이들의 투명한 눈빛은 네버랜드의 피터 팬처럼 교사로서의 삶을 지켜주었습니다. 그 순수한 마음과 연결된 마음을 지키기 위해 걸어온 시간이었습니다.

올해 초, 2010년 제가 담임이었던 여섯 살 반 아이와 15년 만에 재회하게 되었습니다. 매년 방학이면 유치원에 학생들이 자원봉사를 하러 오는데, 그중 한 명이 바로 우리 반 아이였던 것이었습니다. 처음에는 그 아이인 줄 알아보지 못했습니다. 제 기억 속에는 여전히 여섯 살 때의 모습만 남아있었기 때문입니다.

"선생님 저 해민이에요."

아이를 보는 순간, 저는 마치 일시 정지된 영화 장면의 주인공처럼 멈추었습니다. 그리고 스물한 살이 된 아이의 모습 속에서 여섯 살이었던 작고 예쁜 아이의 얼굴이 그려졌습니다. 벅차오르는 감정에 저도 모르게 눈물이 났고, 조용히 아이를 안아주었습니다.

"어머, 너무 잘 자랐네. 너무 예쁘게 잘 자랐어."

타임머신을 타고 온 것처럼 과거의 나의 여섯 살 아이는 미래로 와 있었고, 저는 여전히 아이들 속에 살아 숨 쉬고 있습니다. 그리고 이제 교사의 꿈을 꾸고 있는 아이를 보며 생각했습니다. 어느덧 아이가 어른이 되었으니, 나는 이제 더 나은 어른이 되어야겠다고.

"네가 꿈꾸는 모습을 위해 최선의 노력을 해보고, 꼭 좋은 선생님이 되었으면 좋겠다. 그리고 바라던 그 모습이 아니어도 괜찮아. 너는 너로서도 충분히 사랑스러운 아이니까. 우리 부끄럽지 않게 살아가다 멋진 모습으로 또다시 만나자."

100세 철학자 김형석 교수님께서 말씀하셨습니다. 사랑이 있는 사람은 자신만을 위하게 되어 있지 않다고. 사랑하는 상대를 위하여 최선을 다하고도 더 사랑하고 싶은 법이라고. 열심히 노력해도 힘들고 상처받았던 순간들, 사랑했기에 겪는 아픔들 역시 결국 내 안에 사랑 때문이었음을, 어느덧 어린 제자들이 어른이 되어가는 모습을 보면서 깨닫게 됩니다.

늘 맑아지며 돌아보는 삶. 아이들을 통해서 배운 삶의 태도입니다. 긴 시간 아이들과 함께 걸으며, 저는 매일 조금 더 나은 어른이 되기 위해 노력해 왔습니다. 아이들은 언제나 저의 거울이었기 때문입니다. 순수한 눈동자 속에서 저의 부족함과 순수함을 동시에 바라보았습니다. 그들과 함께 웃고 울면서, 살아있는 현재를 온몸으로 경험하는 것이야말로 가장 진실한 삶의 태도임을 배웠습니다. 아이들은 저에게 사랑과 존중, 기다림과 인내, 그리고 새로운 희망을 가르쳐 주었습니다. 그리고 그들의 작은 손길과 고백 속에서, 하루하루 맑아져 가는 내 마음의 씨앗이 교사 삶의 꽃말이 되어 남겨졌습니다.

사실 교사 생활의 저의 마지막 목표는 로버트 풀검의 『내가 정말 알아야 할 것은 모두 유치원에서 배웠다』 한국판 이야기를 쓰고 싶은 것이었습니다. 그 시점은 삶의 연륜이 배어난 60세쯤이었습니다. 하지만 김소영 작가의 『어린이라는 세계』를 만나면서, 먼 미래가 아닌 지금 곁에 있는 이야기의 가치를 깨닫게 되었습니다. 그리고 저의 소중한 추억의 상자에 가득 찬 이야기를 하나씩 꺼낼 수 있게 된 것입니다.

잊지 못할 아이들과 아름다운 순간들을 회상하며 저도 모르게 미소를 지었습니다. 어떤 기억은 다시 꺼내 볼 때마다 먹먹해지고, 여전히 아프기도 했습니다. 또한 저의 삶 속의 학부모님과 동료 교사의 이야기를 쓰면서, 다시 한번 깊은 감사의 마음이 들었습니다. 이슬아 작가가 말

한 것처럼, 글쓰기는 사랑하는 것을 불멸화하는 일이었습니다. 글을 쓰
면서 제 삶에 스며든 사랑의 깊이가 점점 더 선명해지는 것을 마주할 수
있었기 때문입니다.

여전히 길은 평탄하지 않습니다. 하지만 압니다. 흙길을 걸으며 넘어
지고 다시 일어섰던 모든 순간은 제 삶의 빛나는 경험으로 새겨진다는
것을. 저의 삶은 혼자만의 힘으로 이루어진 것이 아니었습니다. 교사로
서 8할의 삶을 살고 있는 저를 대신해 묵묵히 응원하고 지원해 주는 배
우자, 엄마의 손길이 부족해도 잘 자라는 아들, 무한한 사랑을 심어주어
저로 하여금 더 많은 사랑을 베풀며 살아갈 수 있게 한 부모님 덕분이었
습니다.

언제나 '참 교사'라며 저의 마음 밭이 되어주는 오랜 친구들과 동료 교
사, 저의 이야기의 가치를 찾아준 인생 작가 멘토 김진수 선생님과 자경
노 선생님들, 배움의 멘토가 되어주신 교수님, 배움과 열정으로 함께 성
장하는 대학원 선생님들, 자기 돌봄으로 묵묵히 일상의 감사와 평화를
선물해 주는 도반 서재가 있기에 저는 지금도 계속 걸어갈 수 있습니다.

그리고 매년 저에게 찾아와 아름다운 꽃이 되어주는 아이들 덕분에
저 역시 함께 피어나고 있습니다. 저를 지원해 주는 학부모님의 따뜻한

눈빛과 격려, 편지, 그리고 온기가 '보람'이라는 열매로 맺혀 또 다른 꿈을 꾸게 되었습니다. 모든 분께 진심으로 감사의 마음을 전합니다. 그리고 지금도 현장에서 너무도 애(愛)쓰며 헌신하시는 모든 선생님들께도 깊은 존경을 표합니다.

흔들리더라도 늘 맑아지는 마음으로 나 자신을 돌아보고, 더 좋은 어른이 되도록 함께 온기를 나누는 사람이 더 많아졌으면 좋겠습니다. 어려운 날도, 기쁜 날도 모두 함께 품는 이 길 위에서 성장하고, 사랑하며, 또다시 나아갈 수 있기 때문입니다. 이 글을 읽는 모든 이에게 전하고 싶습니다.

당신의 하루도, 당신이 마주하는 모든 아이도,
그리고 자신을 향한 작은 성찰도
맑은 봄날처럼 늘 새로워지기를.

꽃씨를 닮은 마침표처럼,
그 안에는 또 다른 봄날이 숨어 있습니다.
지금은 작은 점일지라도,
그 마침표가 내닫는 새싹이 되어
다시 피어날 시간을 기다립니다.

에필로그

우리 모두가 삶의 길 위에서

꽃처럼 피어나길 간절히 바랍니다.

다시 피어날 봄날을 기다리며, 정현진 드림